Weil du ihre Freundin bist …

Allan Frewin Jones

Weil du ihre Freundin bist …

Deutsch von Ursula Schmidt-Steinbach

aare

Dieses Buch ist meiner Mutter gewidmet

Mein Dank gilt Jenny Brittain für geheime Insider-Informationen und Jerry Ballard, der mir erlaubte, seine Memoiren zu plündern.

Allan Frewin Jones
Weil du ihre Freundin bist...

Deutsch von Ursula Schmidt-Steinbach
Schutzumschlag von Sabine Lochmann

(Titel der englischen Originalausgabe: *The Half-Good Samaritan*)
First published by Hodder and Stoughton Ltd., London

Printed in Austria

ISBN 3-7260-0401-7
Bestellnummer 02 00401

Die Deutsche Bibliothek – CIP-Einheitsaufnahme

Jones, Allan Frewin:
Weil du ihre Freundin bist... / Allan Frewin Jones.
Übers. von Ursula Schmidt-Steinbach.
Aarau ; Frankfurt am Main ; Salzburg : Aare/Sauerländer AG, 1993
ISBN 3-7260-0401-7

Teil 1

September

1. Kapitel

«Ich kann sie einfach nicht ausstehen.»

Janey schaute von ihrer Kritzelei auf. Sie war die Neue an der Schule. Die Neue in der Klasse. Das Schuljahr hatte gerade erst vor drei Wochen begonnen. Sprachen sie über sie? Hatte sie schon etwas falsch gemacht?

«Mir tut sie leid.»

Sie saßen im Bus, der sie zu den Sportplätzen bringen sollte. Janey nannte sie Schlachtfelder. Sie hatte Schwimmen gewählt, doch die örtliche Badeanstalt war aus finanziellen Gründen geschlossen worden, und der Rektor war der Meinung, daß es zu teuer sei, die wenigen Schüler, die schwimmen wollten, in eine weiter entfernte Badeanstalt zu schicken. Somit blieb Janey die Wahl zwischen Leichtathletik und Hockey oder Netzball (oder Tennis und solche Sachen im nahen Sportzentrum – falls das nicht auch geschlossen wurde). Da Mann-gegen-Mann-Sportarten ihre physische Inkompetenz allzu deutlich zu Tage treten ließen, hatte sie sich für Hockey und die Hoffnung entschieden, im Team untergehen zu können.

«Sie ist eine ganz fiese Type. War sie immer schon. Seit der ersten Klasse.»

Erleichtert, daß nicht sie es war, über die die beiden Mädchen sich so hitzig ausließen, beugte sich Janey wieder über ihren Skizzenblock. Er war bereits zur Hälfte gefüllt mit Zeichnungen. Cartoons. Sie hatte einfach ein Auge für Besonderheiten in der Physiognomie ihrer Mitmenschen. An ihrer alten Schule hatte sie es mit ihrer Fähigkeit, Karikaturen von Freunden, Lehrern und – insbesondere –

Feinden der Freunde zeichnen zu können, zu einiger Berühmtheit gebracht. Sie konnte ganz schön grausam sein, wenn sie Nasen, Ohren oder Zähne bis ins Groteske vergrößerte und sich dabei doch so dicht an das lebende Original hielt, daß jeder wußte, wer gemeint war. An ihrer alten Schule war dies ihr größter Trumpf gewesen. Hier an der neuen fühlte sie sich noch nicht heimisch genug, um ihr Talent zu offenbaren. Sie zeichnete weiter Cartoons, doch sie behielt sie für sich.

Ihre beste Freundin hatte die Idee gehabt, in Gemeinschaftsarbeit einen richtigen Comic-Band zu erstellen. Belinda wollte die Story schreiben, und Janey sollte die Bilder dazu liefern. Sie waren schon ganz schön weit damit gekommen, bis Belinda mit ihren Eltern nach Kanada gezogen war. Die Story war über den Postweg langsam weitergeführt worden, doch zwischen den einzelnen Briefen verging immer mehr Zeit, und in Belindas Briefen nahmen ihr neues Leben und ihre neuen Freunde immer mehr Raum ein.

Janey arbeitete gelegentlich weiter daran und schickte Belinda Kopien ihrer Zeichnungen, doch insgeheim ahnte sie schon, daß nichts dabei herauskommen würde.

Die Story hieß «Das Mädchen, das der Nikolaus vergaß». Sie handelte von einem kleinen Mädchen, das sich, eher zornig als traurig über das Vergessenwerden, zum Nordpol aufmacht, um seine Weihnachtsgeschenke einzufordern – und unterwegs eine Menge Abenteuer erlebt.

Janey betrachtete eine Zeichnung, die das kleine Mädchen beim Kampf mit einem Eisbären zeigte. Wahrscheinlich würde die Story von Belindas Seite aus nie soweit kommen. Seufzend kritzelte sie ein Bild von sich selbst, auf dem sie reichlich frustriert aussah.

Eine Lehrerin kam den Gang entlang und zählte Köpfe.

«Okay, wer fehlt?»

«Pearl Silvera, Miss.»

«Ich hätte es mir denken können. Wer hat sie zuletzt gesehen?»

Keiner hatte sie seit dem Morgen gesehen.

«Dann gehen wir eben ohne sie. Es hat keinen Zweck zu warten, bis sie sich zum Mitkommen bequemt.» Die Lehrerin ging nach vorn und sprach mit dem Busfahrer.

«Ich nehme an, ihre Großmutter ist wieder mal gestorben«, sagte das Mädchen, das sich vorher mit einer Mitschülerin unterhalten hatte. «Das wären dann sechs tote Großmütter in diesem Jahr. Weshalb lassen sie sich so verscheißern? Weshalb unternehmen sie nichts dagegen?»

«Was denn, zum Beispiel? Sie haben sie zum Nachsitzen beordert, aber sie ist nie aufgetaucht. Sie haben ihren Vater ein paarmal herzitiert, weil sie nie Hausaufgaben macht. Sie fehlt die Hälfte der Zeit, und trotzdem schmeißen sie sie nicht raus.»

«Wahrscheinlich warten sie, bis sie jemanden umbringt oder die Schule anzündet.»

«So unwahrscheinlich ist das gar nicht...»

«Da kommt sie!» rief jemand vom hinteren Teil des Busses. Alles drehte sich um. Eine Gestalt mit einer über die Schulter geworfenen Tasche kam über den Schulhof, als hätte sie alle Zeit der Welt.

«Schade», meinte die Lehrerin. Sie sah den Fahrer an. «Sie können nicht versehentlich den Rückwärtsgang einlegen und sie über den Haufen fahren?» Sie schaute den Mittelgang entlang. «Ihr habt das eben nicht gehört.»

Sie lehnte sich aus der offenen Bustür. «Pearl! Komm, beweg dich!»

Das Mädchen kniete sich hin und band sich langsam den Schuh zu.

Janey hatte sie schon gesehen, wenn auch nicht sehr oft in einem Klassenzimmer. Sie machte einen drohenden, mürrischen Eindruck – nicht der Typ Mädchen, auf den man zugeht, um Freundschaft zu schließen. Sie trug Schnürstiefel und Jeans und eine Lederjacke; ihr Haar war weißblond gefärbt und stand nach allen Seiten vom Kopf ab. Ihr Lidschatten war selbst bei Dunkelheit noch auf eine halbe Meile Entfernung zu sehen. Sie benutzte ausnahmslos zwei verschiedene Farben, so daß sich zwischen Augen und Augenbrauen ein breiter Farbstreifen hinzog, der beispielsweise von Türkis in Froschgrün überging oder von Pink in Blaugrün.

«Pearl, würdest du bitte einsteigen? Wir haben bereits zehn Minuten Verspätung.»

Das Mädchen kam zum Bus. Janey fiel auf, daß Mitschülerinnen, die allein in einer Bank saßen, sich rasch breitmachten – offensichtlich um zu verhindern, daß sich jemand zu ihnen setzte.

«Beeil dich, Pearl. Setz dich irgendwo hin.»

Janey nahm ihre Tasche von dem Platz neben sich – es war keine spezielle Einladung, nur ein sichtbares Zeichen, daß das Mädchen neben ihr Platz nehmen konnte, wenn sie das wollte.

Ohne Janey anzuschauen, ließ sich das Mädchen auf den Sitz neben sie fallen, und der Bus fuhr los.

Janey legte ihre Schultasche auf die Knie und den Skizzenblock oben drauf. Das Deckblatt war ein einziges Gewirr von Zeichnungen. Jedes weiße Stück Papier, das Janey unter die Finger kam, wurde bald mit Bildern bedeckt. Für sie war das von je her etwas so Natürliches gewesen, daß sie sich, als sie in die Schule kam, gewundert hatte, warum sie die einzige war, die das tat. Ihre früheste Erinnerung war die, wie sie mit ihrer Mutter am Tisch saß und Teddybären und Clowngesichter malen lernte.

Sie kritzelte die letzten weißen Stellen voll.

Plötzlich wurde sie sich bewußt, daß das weißblonde Mädchen sie ansah.

«Sie rasten aus, wenn du so auf deinen Heften herumkritzelst. Hat dir das noch keiner gesagt?»

«Bitte?»

Das Mädchen wies mit dem Kopf auf das chaotische Bildergewirr.

«Ach so – das ist kein Schulheft», sagte Janey und legte die Hand darüber.

«Was ist es dann?»

«Nichts. Nur ein Skizzenblock.»

«Wozu?»

Janey wurde rot. «Zum Hineinmalen.»

«Laß sehen.»

«Lieber nicht.»

«Sind nackte Männer drin?»

«Nein.»

«Was dann?»

Sie waren an dem Punkt angelangt, wo es peinlicher gewesen wäre, ihr den Block nicht zu zeigen. Widerstrebend schob Janey ihn hinüber.

Das erste Bild zeigte Miss Sutherland, die Klassenlehrerin, wie sie in der für sie typischen Haltung auf der Tischkante saß, die Hände zwischen den Knien. Sie schaute eulenhaft fröhlich drein, während ihr diverse Wurfgeschosse aus der Klasse um die Ohren schwirrten. Miss Sutherland trug eine rote Brille mit runden Gläsern und hatte die Haare zu einem Pferdeschwanz zusammengebunden. Aus der Entfernung sah sie aus wie zwölf. Sie war sehr leicht zu karikieren.

In einer Sprechblase über ihrem Kopf stand: «Dann laßt uns jetzt anfangen, Kinder, ja? Bitte.»

Das weißblonde Mädchen begann zu lachen. Sie lachte fast lautlos, wobei sie die Knie hochzog. Ihre Schultern bebten, als kämpften die lauten Lacher erfolglos ums Ausbrechen. Sie blätterte weiter zur nächsten Seite. Janey lächelte. Beim Anschauen weiterer Cartoons von Lehrern und Mitschülern bekam das Mädchen fast Krämpfe vor Lachen. Janey hoffte, daß die anderen im Bus nicht aufmerksam wurden. Sie wollte nicht, daß alle sich neugierig um sie herumdrängelten. Vor allem nicht diejenigen, die unwissentlich Modell gesessen hatten.

«Sie sind super», sagte das Mädchen. «Vor allem das von Kajko in ihrer Hockey-Ausrüstung. Wie sie leibt und lebt.»

Janey hatte Barbara Kajko als Samuraikrieger gezeichnet, der den Hockeystock schwang und «Banzai!» brüllte.

Das Mädchen blätterte langsam weiter. «Natalie Ashbrook, stimmt's?»

«Ja.»

«Poppy Safe – irre – einfach super.» Bei jeder Zeichnung nannte sie den entsprechenden Namen. «Wo bin ich?»

«Dich hab ich noch nicht verewigt.»

Das Mädchen gab den Block zurück. «Ich bin beeindruckt», sagte sie. «Ich hatte dich schon als echten Hirnie abgeschrieben.»

«Was verstehst du unter einem Hirnie?»

«Musterschüler. Überbrave. Körnerfresser. Die Sorte, die während der Mittagspause im Klassenzimmer hockt und paukt. Die Sorte, die von Mutti gepackte Lunchpakete mitbringt.»

«Meine Mutter gibt mir tatsächlich ein Lunchpaket mit.»

«Aha – dann laß mich mal raten: Vollkornbrot – Kaninchenfutter – ein Apfel. Richtig?»

«Was hast du gegen Äpfel?»

«Das ist 'ne Frage der Weltanschauung. Hirnies essen Äpfel.»

«Immer noch besser als das Essen in der Schulkantine.»

«Deshalb ist es trotzdem hirnig. Du machst bestimmt auch immer brav deine Hausaufgaben. Hab ich recht?»

«Bleibt mir ja nichts anderes übrig.»

«Ach was, hier kannst du dir alles erlauben. Ich mache, was ich will. Keiner versucht mehr, mich aufzuhalten. Wenn ich überhaupt nicht mehr käme, würde wahrscheinlich auch keiner was sagen. Hausaufgaben haben überhaupt keinen Sinn – die Hälfte von ihnen sammelt die Hefte ohnehin nie ein, und die, die sie einsammeln, lesen nicht, was du geschrieben hast. Sie verteilen ein bißchen Rot auf der Seite und kritzeln am Ende was hin. Das ist doch alles Schwindel. Lehrer, die sich einen Dreck drum scheren, wie sie dir was beibringen, und Schüler, die nichts lernen wollen. Nur die Hirnies merken nicht, was da läuft.»

«Und ich bin also so ein Hirnie», meinte Janey, «weil ich Vollkornbrot esse und meine Hausaufgaben mache.»

«Das sind nur zwei Symptome. Die Sorte rechnet auch immer ihre Punkte zusammen. ‹Wieviele Punkte hast du dafür oder dafür bekommen?› – ‹Oh, ich hatte 98 von 100.› – ‹Welches College willst du denn mal besuchen?› – ‹Mami und Papi wollen, daß ich zur Uni gehe und Börsenmakler werde, aber ich würde lieber was wirklich Interessantes werden, Wirtschaftsprüfer, zum Beispiel, oder Tierarzt.› »

«Das macht dich ziemlich aggressiv, was?»

Das weißblonde Mädchen schien überrascht. Janey gewann den Eindruck, als sei sie es gewohnt, daß die anderen Mädchen einfach nur eingeschüchtert dasaßen und nichts sagten. Es wunderte sie jetzt nicht mehr, warum niemand sie neben sich haben wollte.

Janey sprach weiter: «Wie lang brauchst du eigentlich, um deine Augen so hinzukriegen? Das muß doch ewig dauern.» Ihr war eingefallen, was ihre Mutter ihr einmal gesagt hatte: Versuche ein Thema zu finden, das die Leute interessiert. Vermeide Konflikte. Rede dich aus unangenehmen Situationen heraus.

«Was hast du gegen meine Augen?»

«Gar nichts. Sie sehen super aus. Ich wollte nur wissen, wie lang du brauchst. Ich hätte wahrscheinlich nicht die Geduld dazu – und du machst es jeden Tag, oder? Zumindest hab ich dich nicht anders gesehen, seit ich hier bin.»

«Es dauert nur ein paar Minuten.»

«Machst du es für dich oder weil die Lehrer sich drüber ärgern?»

Das Mädchen sah sie aus halbgeschlossenen Augen an und lächelte. «Beides.»

Janey lehnte sich etwas entspannter auf ihrem Platz zurück. Das ließ sich ja ganz gut an.

«Wie heißt du?» fragte das Mädchen.

«Janey Morris.»

«Janey? Ist das ein richtiger Name?»

«Er steht zumindest in meiner Geburtsurkunde, dann wird es wohl ein richtiger Name sein.»

«In meiner Geburtsurkunde steht Pearl, aber ich kann den Namen nicht ausstehen.»

«Wenn es um Namen geht, werden wohl viele Eltern sich einiges anhören müssen. Ich wollte immer Elizabeth heißen.»

«Lizzy.»

«Nein. Elizabeth – in voller Länge. Elizabeth. Und du? Wie wolltest du heißen, wenn du die Wahl hättest?»

«Fred.»

Janey schaute sie an und nickte. «Glaub ich dir.»

Pearl legte die Hand über den Mund und drückte den Daumennagel in die Lücke zwischen den oberen Schneidezähnen – eine Geste, die Janey bald vertraut werden sollte. Mit der Hand halb über dem Mund fragte Pearl: «Wo kommst du eigentlich her?»

«Richmond.»

Pearl lächelte. «Stinkfeine Gegend.»

«Hält sich in Grenzen.»

«Vornehmer als die hier jedenfalls.»

Janey sah aus dem Fenster. «Sauberer, das steht fest.»

«He, paß auf, was du sagst. Mein Dad ist Straßenkehrer. Das heißt nicht, daß er doof ist oder so.»

Diese Bemerkung kam Janey merkwürdig vor. «Ich wollte nicht ...»

«Ich nehm an, er ist der Straßenkehrer mit dem meisten Grips im Kopf. Er war auf der Uni – hat auch einen Abschluß – alles. Und jetzt kehrt er Straßen. Ist das Leben nicht irre?»

«Was ist passiert?»

«Gar nichts ist passiert. Er ist einfach ausgestiegen. Er stand kurz davor, eine Arztpraxis zu eröffnen, aber dann hat er seine Meinung geändert.»

«Vielleicht hat er gedacht, daß er beim Straßenkehren glücklicher wird», sagte Janey. «Die Leute ...»

«Glücklicher? Er ist ein Blödmann. Ein Zombie. Ein kompletter Idiot. Hier, ich will dir mal was zeigen. Das hat er vor ein paar Monaten im Gulli gefunden.» Pearl zog den Reißverschluß ihrer Sporttasche auf und wühlte in der Tasche herum. Schließlich brachte sie ein großes rotes, stabil aussehendes Taschenmesser zum Vorschein. «Ein Schweizer Armeemesser», erklärte sie. «Hier, schau es dir mal an. Nimm es. Lediglich der Korkenzieher ist abgebrochen, alles andere ist total in Ordnung.»

Das Messer war sehr schwer. Nacheinander zog Janey die einzelnen Teile heraus: Es hatte zwei Schneiden, eine kleine Schere, etwas, das aussah wie eine dicke Nagelfeile mit einem Haken am Ende, ein

Stab mit einem Loch darin, der aussah wie eine breite, flache Nadel, einen Flaschenöffner und einige andere Dinge, von denen Janey nicht wußte, was sie darstellten.

«Stark, was?»

«Ja», sagte Janey und bog die verschiedenen Teile wieder in den Messerschaft zurück. Sie gab das Messer zurück, und Pearl ließ es wieder in ihrer Tasche verschwinden.

«Ich hab die Klingen mit einem Wetzstein geschliffen. Sie sind scharf wie Rasierklingen. Heutzutage sind soviele Messer im Umlauf, daß es bescheuert ist, nicht ebenfalls gerüstet zu sein. Es gibt eine Menge Verrückte hier in der Gegend. Aber das ist dir wahrscheinlich selber schon aufgefallen.»

«Kann ich nicht sagen.»

«Dann bist du nachts nicht oft unterwegs.»

«Überhaupt nicht.»

«Klar. Fast hätte ich's vergessen – du mußt ja deine Hausaufgaben machen.»

«Ich mache nicht den ganzen Abend Hausaufgaben. Ich weiß gar nicht, wie du darauf kommst. Es stimmt einfach nicht. Ich gehe abends nicht weg, weil ich hier niemanden kenne. Ich wohne ja erst seit einem Monat hier.»

«Wen hat man dir in der Schule als Blindenhund gegeben?»

«Anthea Coles und Cilla – ich hab ihren Nachnamen vergessen.»

«Coles hat eine Einbildung für zehn, und Cilla Orendecki ist die letzte Zippelgusse.»

Da keine von beiden mit im Bus saß, sah Janey keine Veranlassung, sie zu verteidigen.

«Weshalb bist du hierher gekommen?» fragte Pearl. «Deine Eltern haben sich scheiden lassen – stimmt's?»

«Nein. Meine Mutter hat einen neuen Job bekommen – also, eigentlich war es eine Beförderung, und wir sind hierher gezogen, weil sie sich nicht vorstellen konnte, jeden Tag von Richmond hier rein zu fahren. Sie arbeitet in der Bezirksverwaltung.»

«Na, wunderbar», sagte Pearl. «Da hat sie ja ganz hübsch Karriere gemacht.»

Der Bus fuhr durch ein Eisentor und weiter auf einem Kiesweg.

«Wozu hast du dich entschieden?»

«Hockey.»

«Ich auch. Das ist die einzige Sportart, bei der du eine Waffe kriegst. Ich war früher in der Schulmannschaft, aber sie haben mich rausgeschmissen, weil ich zu aggressiv war. Spielst du gut?»

«Nein. Ich bin überhaupt nicht gut in Sport.»

«Man sollte meinen, daß du gut Netzball spielst – so lang und dürr, wie du bist.»

«Leider nicht.»

«Hat dein Haar von Natur aus die Farbe?»

«Nein. Henna. Sonst wäre es ein dreckiges Braun.» Janey hatte eine dichte rote Lockenmähne – wenn ein hennagefärbter Löwe die Zunge in eine Steckdose stecken würde, ergäbe es denselben Effekt.

Der Bus hielt, und der Mittelgang füllte sich mit Mädchen. Janey stand ebenfalls auf, doch da Pearl sich nicht rührte, setzte sie sich wieder. Als der Gang leer war, erhob sich Pearl betont langsam.

«Beeilen hat keinen Sinn», sagte sie.

«Nicht, wenn man mit Langsamkeit mehr Aufmerksamkeit erregt», sagte Janey.

«Haargenau.»

Die Sportlichen unter ihnen wurden in Mannschaften eingeteilt, während die Klötze für sich einen Ball in der Gegend herumschlugen. Janey stand auf ihren Hockeystock gestützt und beobachtete die Athleten, wie sie von einer Seite des Feldes zur anderen keuchten. Wie jemand mit soviel Enthusiasmus bei einer so sinnlosen Übung sein konnte, faszinierte sie. Überhaupt war es ihr unerklärlich, wie soviele Leute soviel Zeit darauf verwenden konnten, Bälle von hier nach dort zu befördern. Und dabei wirkten sie alle auch noch ausgesprochen stolz und selbstzufrieden. Der Unterschied lag nicht nur darin, daß es ihnen Spaß machte und einem selbst nicht – unterschwellig wurde impliziert, daß Sportlichsein gut war. Wenn man es aber vorzog, auf dem Bett zu liegen und ein Buch zu lesen, so war das schlecht.

Seltsam, dachte Janey, da heißt es immer, wir würden in einer Gesellschaft leben, die darauf ausgerichtet ist, dem Einzelnen das Leben leichter zu machen – ständig wurde Neues ausgetüftelt: Fernbedienung für den Fernseher, vollautomatische Waschmaschine –, und dann verwenden wir das Mehr an Freizeit darauf, uns völlig außer Puste zu rennen.

Ihre Überlegungen wurden von Pearl unterbrochen, die vorbeiflitzte und den Hockeystock unter ihr weghakelte. Halbherzig begab auch Janey sich auf die Jagd nach dem flüchtigen Ball.

Pearl war tatsächlich sehr gut, aber Janey sah auch, weshalb man sie aus der Schulmannschaft ausgeschlossen hatte – Gegner, die sie nicht auf legalem Weg ausschalten konnte, wurden entweder beiseitegestoßen oder mit dem erhobenen Stock bedroht. Das verfehlte seine Wirkung selten, war jedoch eher Krieg als Hockey.

Janey verzog sich in eine friedliche Ecke und wartete, daß der Nachmittag vorüberging.

2. Kapitel

Janey lief über den Flur und die Treppe hinauf. Sie lief immer – falls der alte Mann im Haus war. Im ersten Stock lagen ihr Zimmer und das geheimnisvolle, immer abgeschlossene vordere Zimmer, zu dem niemand Zutritt hatte. Im zweiten Stock waren die Küche, Wohnzimmer, Elternschlafzimmer und das kleine Kämmerchen, in dem Ritchie schlief.

In Richmond hatten sie ihr eigenes Haus gehabt, mit eigenem Eingang und der entsprechenden Privatsphäre. Hier teilten sie das Haus mit einem alten Mann, der das Erdgeschoß bewohnte. Die beiden Wohnungen waren nicht voneinander abgetrennt, und es war ein merkwürdiges Gefühl für Janey, nachts im Bett zu liegen und sich vorzustellen, der alte Mann könnte jederzeit die Treppe heraufkommen. Nicht daß er es jemals getan hätte. Seit sie hier wohnten, hatte sie ihn nur drei- oder viermal gesehen, wie er in seinem dicken Mantel den Flur hinuntertappte. Einmal hatte sie gesehen, wie er schnell in einem seiner Zimmer verschwand, als sie zur Haustür hereinkam, gerade so, als fürchte er sich vor ihr!

Sie mochte das Haus nicht. Es war hoch und schmal und düster und roch nach feuchter Erde. Der Eingangsbereich und das Treppenhaus hatten eine häßliche dunkle Tapete – riesige braune Blüten und Blätter, die den Eindruck eines verrottenden Dschungels erweckten. Die Türen und Treppengeländer waren ebenfalls braun gestrichen, und die 40-Watt-Birnen brachten kaum Licht in die vergilbten Ecken. Es gab auch einen kleinen Garten, doch der war verwildert und voller Unkraut, und sie hatten ohnehin keinen Zutritt.

Ihre Eltern hatten versprochen, daß sie bis Weihnachten ein anderes Haus gefunden hätten. Janey verstand es nicht so richtig, aber das Problem, weshalb die Morrisens aus ihrem Haus in Richmond ausziehen mußten, bevor sie hier eine neues gefunden hatten, hatte etwas mit der Fälligkeit von Wechseln zu tun, mit Vertragsbedingungen und Hypotheken – deshalb mußten sie vorerst jedenfalls in dieser angemieteten Bruchbude leben. Offensichtlich war die «Kette» gebrochen, und das hübsche Haus, das sie hatten kaufen wollen, war im letzten Moment vom Markt genommen worden.

Weshalb es in einer Gesellschaft, in der sonst alles bis ins kleinste Detail geregelt war, den Leuten erlaubt wurde, daß sie einem den Stuhl unterm Hintern wegzogen, verstand Janey nicht. «Gibt es denn dafür keine Gesetze?» hatte sie gefragt. Und ihre Mutter hatte geantwortet: «Wir sind selbst schuld – wir waren so sicher, daß wir das Haus bekommen würden, daß wir den Vertrag zum Verkauf unseres alten unterzeichnet haben, bevor wir den für das, was wir kaufen wollten, in der Hand hatten. Das war ganz allein unser Fehler. Wir haben auf unser Glück vertraut und sind auf die Schnauze gefallen. So einfach ist das.»

So einfach war das. Und Janey fand sich in einem schuhkartongroßen Zimmer wieder, das mit einer dunkelgrünen Tapete und billigen Möbeln ausgestattet war, die ihr alle nicht vertraut waren. Sie schlief in einem alten Bett mit durchgelegener Matratze, deren Federn quietschten und die merkwürdig roch, während ihr eigenes Bett und ihre Möbel zusammen mit allem anderen, was ihr vertraut war, irgendwo eingelagert war. Und das alles, weil ihre Mutter sich in die Stadt hatte befördern lassen, weil die Arbeit dort «eine größere Befriedigung« für sie bedeutete. Na, wunderbar.

Ritchie stand am Herd und briet Fischstäbchen.

«Du weißt doch, daß du die Fritierpfanne nicht benutzen darfst», sagte Janey. Eine Woche zuvor hatte Ritchie es fertiggebracht, das Ding in Flammen zu setzten. «Und was tust du überhaupt so früh schon zu Hause?»

«Unser Lehrer war krank, deshalb durften wir früher heim.»

«Lügner.»

«Vogelscheuche.»

Sie packte ihn am Nacken und drückte zu. Der Altersunterschied von sechs Jahren verschaffte ihr vorübergehend eine körperliche Überlegenheit. «Was sagt man?»

«Laß mich los.»

«Nein, man sagt: ‹Es tut mir leid, Janey, Allerschönste, daß ich dich Vogelscheuche genannt habe› .»

Sie zog ihn ein Stück vom Herd weg und drehte ihm den Arm auf den Rücken.

«Sag: ‹Es tut mir leid, Janey, Allerschönste› .»

«Du tust mir weh!»

«Dann sag es doch endlich.»

«Es tut mir leid – Janey – Allerschönste. Au! Du brichst mir den Arm.»

Sie ließ ihn los. «Spar dir in Zukunft deine Schimpfnamen.»

«Du hast angefangen.» Er rieb sich den Arm, der kaum weh tat.

«Ich hab dich Lügner genannt – und das bist du ja auch. Die lassen euch in der Schule doch nicht einfach nach Hause gehen, nur weil euer Lehrer krank ist. Du hast wieder geschwänzt. Irgendwann kommt Mutter mal früher heim und erwischt dich.»

«Tut sie nicht.»

«Du wirst es ja sehen. Ist Post für mich gekommen?»

«Ja.»

Janey sah sich in der winzigen Küche um. «Wo?»

«Ich hab alles ins Wohnzimmer geschmissen.»

Janey ging hinüber. «Mach mir ein Brötchen mit Fischstäbchen, sonst sag ich, daß du die Fritierpfanne benutzt hast.»

Der Brief war von Belinda. Drei Miniblätter in ihrer großen Schrift über einen Besuch in einem Einkaufszentrum von Toronto. Kein Wort von ihrem Comic. Nicht einmal die Frage, wie es Janey ging. Es dämmerte Janey, daß Belinda schon immer reichlich egoistisch gewesen war, nur daß es jetzt aus der Entfernung deutlicher zum Vorschein kam. Ich. Ich. Ich. Noch vor zwei Monaten hätte Janey sofort geantwortet und den Brief gleich am nächsten Morgen in den Kasten gesteckt, doch nun fragte sie sich, ob sie überhaupt antworten sollte. Und an ihrem letzten gemeinsamen Tag in Richmond waren sie beide in Tränen aufgelöst gewesen.

Ritchie kam herein und klatschte ein fettiges Fischbrötchen auf die Sofalehne.

Janey betrachtete es, betrachtete ihn, sagte aber nichts dazu.

«Der Brief ist von Belinda», erzählte sie, obwohl sie wußte, daß es ihn nicht interessierte.

«Ich hab eine Stunde geschwänzt», sagte er.

«Weiß ich.» Es war eine seltsame Angewohnheit von Ritchie, daß er ihr früher oder später immer die Wahrheit sagen mußte, wenn er etwas ausgefressen hatte.

Er schaltete den Fernseher ein und setzte sich davor auf den Boden.

«Du kriegst noch Quadrataugen», sagte sie, während sie den Brief in ihre Tasche stopfte. «Hast du die Fritierpfanne abgewaschen?»

Er ignorierte sie. Sie nahm ihr durchgeweichtes Brötchen und ging in ihr Zimmer. Sie drückte die Klinke zu dem geheimnisvollen vorderen Zimmer hinunter, doch es war abgeschlossen wie immer. Eines Tages, hoffte sie, würde es offen sein und sie würde wissen, wie es da drinnen aussah. Sie stellte sich so etwas ähnliches wie Miss Havershams Zimmer in Charles Dickens' Roman «Große Erwartungen» vor – in vergangenen Zeiten stehengeblieben, staubbedeckt und abgedunkelt, filigrane Spinnennetze über allem und an einem langen schmalen Tisch eine alte Dame kerzengerade auf ihrem Stuhl. Mausetot. Die Frau des alten Mannes vom Erdgeschoß, zum Sterben in diesem Zimmer verurteilt wegen eines schrecklichen Vergehens – weil sie zum Sonntagsbraten verkochtes Gemüse auf den Tisch gebracht hatte oder halbgare Kartoffeln. Irgend etwas Unverzeihliches in dieser Richtung.

Janey ging in ihr unfreundliches Zimmer. Sie hatte es geschafft, ihm ein Stück weit ihren persönlichen Stempel aufzudrücken: Ein Poster für eine Aufführung von «Ein Mittsommernachtstraum» der Royal Shakespeare Company und ein Poster von Virginia Woolf, das sie einem Buchhändler in Richmond abgeschwatzt hatte. Sowohl der Kaminsims als auch die schwere dunkle Kommode waren vollgestellt mit ihren Büchern. Und das waren nur ihre Lieblingsbücher. Die anderen lagen noch in Kisten verpackt unterm Bett. Ihre Eltern hätten es lieber gesehen, wenn sie die Bücher mit ihren anderen Sachen eingelagert hätte, doch sie hatte sie davon überzeugen können, daß sie ohne Bücher sterben würde.

Natürlich hatte Ritchie darauf bestanden, alle seine Spielsachen mitzubringen, wenn sie alle ihre Bücher haben durfte. «Das haben wir nun davon», hatte die Mutter gesagt. Und Ritchies Zimmer war vollgepackt mit Kisten voller Spielsachen, mit denen er kaum spielte.

Janey saß mit untergeschlagenen Beinen auf ihrem Bett, den Skizzenblock vor sich, einen Stift in der einen und das matschige Brötchen in der anderen Hand. Sie zeichnete einen Cartoon, auf dem Pearl mit einem Eisbären rang.

Warmes Fett lief ihr am Handgelenk hinunter. Sie stopfte das letzte Drittel des weichen Brötchens in den Mund. Als sie sich im Spiegel über der Kommode sah – mit vollgestopften Hamsterbacken – hätte sie vor Lachen fast alles wieder herausgeprustet.

«Ich weiß gar nicht, was daran so komisch ist», sagte sie zu ihrem Spiegelbild, als sie den Mund leer hatte.

«Ich lache, weil du so komisch aussiehst.»

«Du siehst genauso komisch aus. Schau dich doch an – Haare wie ein Sortiment Korkenzieher. Und deine Zähne und dein Mund, schau dir doch einmal diesen Mund an. Neben dir sieht Frankensteins Braut wie ein Pin-up-Girl aus.» Sie wurde ernst und schüttelte den Kopf. «Ich will nicht komisch aussehen», sagte sie. «Ich will hübsch sein. Warum kann ich nicht hübsch sein?»

Sie stand vom Bett auf, zog ihren Schul-Blazer aus und hängte ihn über den Spiegel. «So, das hast du jetzt davon», sagte sie.

Sie ging hinauf in die Küche, um sich die fettigen Hände zu waschen. Aus dem Fernseher knallte und brüllte es. Die Fritierpfanne stand immer noch auf dem Herd; angebrannte Fischstäbchen-Stücke klebten darin. Sie öffnete das Fenster, um den Fettgeruch hinauszulassen, wusch die Pfanne sorgfältig ab und räumte sie weg.

Sie versuchte dagegen anzugehen, doch Belindas Brief hatte bewirkt, daß sie nun schlechte Laune hatte. Sie ging ins Wohnzimmer. Ritchie spielte mit der Fernbedienung herum, wechselte in Sekundenschnelle die Programme, schaltete die Lautstärke von stumm auf Gebrüll und ließ die Farben aufleuchten, nur um den Bildschirm dann in ein schwarzweißes Geflimmer übergehen zu lassen.

«Hör auf damit. Du machst es noch kaputt.»

«Mach ich nicht.»

«Tu, was ich dir gesagt habe.»

«Warum sollte ich?»

«Weil.»

Er ließ die Farben so grell aufleuchten, daß es ihr in den Augen weh tat. Sie nahm eine Zeitschrift, rollte sie zusammen und schlug sie ihm um den Kopf. Er schlug mit der Hand nach ihr, verfehlte sie aber.

«Das sag ich Mutter», brüllte er und rieb sich den Kopf.

«Sag es ruhig. Ich sag ihr dann, daß du die letzte Stunde geschwänzt hast.»

«Laß mich in Frieden.»

«Soll ich uns einen Tee machen?»

«Nein. Laß mich in Frieden.»

Janey beschloß, statt Tee zu machen lieber unter die Dusche zu gehen. Ein richtiges Bad gab es im Haus nicht. Die Toilette war eine halbe Treppe tiefer. Die Duschkabine, ein häßlicher Plexiglaswürfel, stand in einer Flurnische im zweiten Stock. In der Nische war früher wahrscheinlich mal ein Einbauschrank gewesen, zumindest sah es so aus. Der Standort hatte zur Folge, daß man Handtücher und Kleider während des Duschens auf dem Flurteppich liegen lassen und anschließend versuchen mußte, sich abzutrocknen und anzuziehen, ohne dabei erwischt zu werden. Dazu kam noch, daß Ritchie herausgefunden hatte, daß das Wasser in der Dusche eiskalt wurde, sobald er den Heißwasserhahn in der Küche aufdrehte. Er war blöd genug gewesen, es einmal bei seinem Vater auszuprobieren. Nur einmal. Der hatte ihn geschnappt und ihn in voller Montur unter das kalte Wasser gestellt. Die Rache und die Strafen ihres Vaters kamen immer prompt, waren wirksam und prägten sich ein.

Janey konnte ungestört duschen. Während sie sich ausgiebig vom heißen Wasser berieseln ließ, kam ihr eine faszinierende Idee. «Das Mädchen, das der Nikolaus vergaß» mit Pearl Silvera. Pearl war genau der Typ, der sich zum Nordpol aufmacht, um dem Nikolaus die Meinung zu sagen. Pearl mit sechs oder sieben Jahren.

Janey lief hinunter in ihr Zimmer und holte den Stapel mit den fertigen Zeichnungen aus der Schublade. Sie würde noch einmal ganz von vorn anfangen müssen. War es das wert?

Die Haustür fiel ins Schloß, und sie hörte ihren Vater «Over the Rainbow» pfeifen, als er die Treppe heraufkam. Im Vorbeigehen wummerte er an ihre Tür, und sie rief hallo. Der Fernseher wurde augenblicklich leiser gestellt.

Janey blieb in ihrem Zimmer, bis die Mutter gegen sieben nach Hause kam.

Sie lehnte am Treppengeländer. «Du siehst müde aus», begrüßte Janey sie.

«Was du nicht sagst.»

Sie folgte ihr die Treppe hinauf. «Ich habe einen Brief von Belinda bekommen. Langsam langweilt sie mich.»

«Wahrscheinlich braucht sie ihren Kopf jetzt für andere Sachen. Ich hab dir gesagt, daß es nicht so bleiben würde.»

«Schon, aber...»

«Hier gibt es wirklich komische Typen», erzählte die Mutter. «Einer bringt mir laufend ganze Tüten voll Kleiderbügel aus Draht.»

«Warum?»

«Also, das hat was mit der Sonne zu tun, die die Bügel radioaktiv auflädt. Er will, daß ich sie einschmelzen lasse oder in Bleibehältern irgendwo verbuddle.»

«Warum radioaktiv?»

«Woher soll ich das wissen?»

Essensgerüche waberten aus der Küche. «Ist das meine wundervolle Gattin?»

«Ja. Ist das mein wundervoller Gatte?»

«Ja. In einer halben Stunde gibt's Abendessen.»

Sie aßen mit den Tellern auf den Knien. Im Wohnzimmer gab es nur einen kleinen resopalbeschichteten Tisch, auf dem der Fernseher stand. Die Mutter sah auf die Uhr. «Vergiß nicht, daß wir uns um halb neun das Haus in der Crofton Road anschauen, David.»

«Oh, gut», sagte Janeys Vater. «Oh, verflixt. Schon wieder eine Besichtigungstour. Kommt einer von euch beiden mit?»

«Ich», sagte Ritchie in der Hoffnung, dadurch die übliche Schlafenszeit hinausschieben zu können.

«Ich nicht», sagte Janey. Sie hatte sich zusammen mit den Eltern bereits zehn Häuser angeschaut und hatte die Nase voll.

Neun Uhr.

Janey lag bäuchlings auf dem Bett und zeichnete die ersten Bilder der Nikolausgeschichte neu, mit Pearl als dem kleinen Mädchen.

Pearl ohne ihr Augen-Make-up zu zeichnen, war gar nicht so einfach, doch sie löste das Problem, indem sie ihr sehr dunkle, tiefliegende Augen verpaßte.

Ein lautes Geräusch von unten ließ sie zusammenzucken. Ein zweiter Schlag folgte, dann ein dritter und ein vierter – eine Serie von rhythmischen Schlägen, als bearbeite jemand ein Blechtablett.

Janey schlich zur Tür und öffnete sie. Der Radau war jetzt noch um einiges lauter – er kam aus dem Flur im Erdgeschoß –, und jemand sang mit einer merkwürdig pfeifenden alten Stimme aus vollem Hals und total falsch.

«Ein fe-ste Burg ist u-hunser Gott, ein gu-te Wehr und Wa-ha-haffen. Er hilft uns frei aus a-hal-ler Not, die uns jetzt hat betro-hohof-fen...»

Auf Zehenspitzen schlich sie zum Treppengeländer und schaute hinunter. Der alte Mann stand im Flur, schlug mit einem Holzlöffel auf ein rundes Tablett und sang aus voller Kehle. Die Hosenträger hingen ihm über die Hüften. Er trug eine schmuddelige Jacke und kein Hemd.

Er schien wunschlos glücklich zu sein.

Er singt sich was, weil er glaubt, er sei allein im Haus, dachte Janey. Sie hätte gern mitgesungen, um zu sehen, wie er reagierte, doch sie kannte den Text nicht.

Die ganze Situation hatte etwas Verrücktes und Wunderbares zugleich. Leise lachend setzte Janey sich auf die oberste Treppenstufe, wo der alte Mann sie nicht sehen konnte, und hörte zu.

Als er das Lied zu Ende gesungen hatte, schlug er noch einmal einen Trommelwirbel auf dem Tablett und rief: «Gott schütze euch alle!»

Dann hörte sie, wie eine Tür ins Schloß fiel. Danach war wieder alles ruhig.

Sie ließ sich zurückfallen; die Hände hinter dem Kopf verschränkt, die Knie angezogen, lachte sie leise, bis ihr Tränen übers Gesicht und in die Haare liefen.

3. Kapitel

«Ich will dich nicht beeinflussen oder so», sagte Anthea mit dieser für sie typischen Geste, die Janey bereits auf die Nerven ging – ein Heben des abgewinkelten Arms bei gleichzeitigem Fallenlassen der Hand mit gespreizten Fingern –, «aber eine Freundschaft mit Pearl Silvera ist keine gute Idee.»

Sie warteten im Klassenzimmer auf die Lehrerin und den morgendlichen Anwesenheits-Check.

«Weshalb?»

Cilla beugte sich über den Tisch und sagte in einem übertriebenen Flüsterton: «Weil sie das Letzte ist.» Cilla hatte die schwärzeste Hautfarbe, die Janey je gesehen hatte. Bei dem Wort «Letzte» zeigte sie die Zähne wie eine Hyäne.

Rae von der ersten Tischreihe drehte sich zu ihnen um. «Wir finden sie alle unmöglich.»

«Warum?» fragte Janey.

«Du brauchst uns ja nicht zu glauben», meinte Anthea. «Wir wollten dich nur warnen.»

«Ich hab nicht gesagt, daß ich euch nicht glaube. Ich wollte nur wissen, warum keiner sie leiden kann.»

Moose fuhr auf ihrem Stuhl herum. «Sie lügt und bescheißt, klaut und ist aggressiv. Und eine dumme Kuh ist sie dazu.»

«Und sie nimmt Drogen», sagte Rae.

«Und raucht zwanzig Zigaretten am Tag», sagte Cilla. «Sie ist süchtig.»

«Und sie hält sich für was Besonderes», sagte Anthea.

Ja, dachte Janey, das ärgert dich natürlich am meisten.

Miss Sutherland, die Klassenlehrerin, hatte Anthea und Cilla ganz offiziell gebeten, Janey den Einstieg an der neuen Schule erleichtern zu helfen. Wie Janey feststellte, war sie von den beiden ungefragt auch gleich zum Ehrenmitglied ihrer Clique ernannt worden. Nicht daß das Wort «Clique» tatsächlich je gefallen wäre. Bei der Gruppe handelte es sich um einen losen Zusammenschluß von elf oder zwölf Mädchen, die zusammenhockten und sich über Jungen, Diäten, Kleider und das College unterhielten. Anthea und ein Mädchen namens Poppy schienen die Anführerinnen zu sein, um einmal diesen Ausdruck zu gebrauchen. Jedenfalls lieferten sie sämtliche Ideen. Poppys Lieblingsvorschlag war es, während der Mittagspause zu McDonald's zu gehen und hinter Jungs aus den benachbarten Schulen herzulaufen. Anthea schlug den Mädchen gern vor, abends, wenn ihre Eltern nicht zu Hause waren, die Hausbar zu plündern und sich gemeinsam über die Beute herzumachen.

Janey erkannte rasch, daß ihr nur zwei Möglichkeiten offenstanden: Entweder sie warf sich mit Leib und Seele in den gesellschaftlichen Strudel, oder sie hielt sich vollkommen raus. Von dem Strudel fühlte sie sich bereits jetzt leicht überfordert. Ihr wären eine oder zwei richtige Freundinnen lieber gewesen als diese Herde schnatternder Gänse, die sich plötzlich an sie gehängt hatte.

Miss Sutherland kam, und der Morgenappell begann. Janey stützte den Kopf in die Hände und sah zum Fenster hinaus.

Na ja, dachte sie, wenigstens weiß ich jetzt, daß ich Pearl vergessen kann.

In der Pause schlich sich Moose Javanda, das einzige asiatische Mädchen, das sich mit der Clique einließ (eigentlich hieß sie gar nicht Moose, doch Janey kam es nie in den Sinn, nachzufragen, weshalb sie so genannt wurde), mit Rae und Poppy aus der Schule, um sich in einer Boutique in der Nähe Kleider anzuschauen. Janey ging mit. Sie mochte bequeme, weitgeschnittene Kleider. Die anderen Mädchen unterhielten sich mit Sachverstand über die neueste Mode. Janey langweilte sich. Sie entdeckte in der Nähe eine Buchhandlung und nahm sich vor, bei Gelegenheit einmal hineinzugehen.

In der Mittagspause schloß sich Janey wieder ein paar Mädchen an. Ganz bewußt wollte sie sich nicht mit ihrem Pausenbrot und dem Buch, das sie gerade las, ins Klassenzimmer setzen. Sie hatte mit einigem Erstaunen festgestellt, daß kaum jemand ein Buch las. Jede Menge Zeitschriften, aber kaum Bücher.

Sie fuhren mit dem Bus zum nächsten Einkaufszentrum. Janey wünschte bald, sie wäre in der Schule geblieben und hätte gelesen. In Boutiquen herumzuhängen und an der Straßenecke zu plaudern, war nicht ihr Ding.

Vielleicht bin ich komisch, dachte sie. Vielleicht sind die anderen ganz normal, nur ich bin es nicht.

Die anderen stürmten ein Schnellrestaurant, und Janey stand plötzlich allein da. Sie ging ein wenig herum, kam zu einer Bushaltestelle, als gerade ein Bus vorfuhr, und stieg ein, um zur Schule zurückzufahren. Die Clique würde ohne sie auskommen müssen.

Sie wurde nicht klug aus den Mädchen. Keine von ihnen schien genug Energie aufzubringen, um etwas anderes zu tun, als sich die Zeit zu vertreiben. Die meisten wollten aufs College, doch die wenigsten konnten einen bestimmten Grund dafür angeben. *Anthea hat eine Einbildung für zehn, und Cilla ist die letzte Zippelgusse.* Sie lächelte. Und Janey ist die, die so merkwürdig aussieht und die Nase ständig in einem Buch hat.

Sie stieg eine Haltestelle vor der Schule aus und ging in die Buchhandlung, die sie in der Pause am Morgen entdeckt hatte. Zwischen den Büchern fühlte sie sich endlich wohl.

Sie entdeckte ein paar, die sie gern gekauft hätte, wenn sie Geld bei sich gehabt hätte. Sie ging zu den Ständern mit Liebesromanen. Die bonbonbunten Einbände fand sie auf eine schauerliche Art faszinierend. Sie hatte noch nie einen solchen Liebesroman gelesen und hatte auch nicht die Absicht, das je zu tun. Sie nahm einen aus dem Ständer und las den Rückentext. «Die schöne, aber traurige Rosie trifft unerwartet den schweigsamen Daniel. Steckt mehr hinter diesem stillen Mann, als man auf den ersten Blick vermuten würde...?»

«Ein Mädchen, das so gut aussieht wie du, hat es doch nicht nötig, sich Gefühle aus Büchern zu holen.»

Janey schaute sich um. Rechts hinter ihr stand ein Junge mit einem Karton voller Bücher im Arm. Er war blaß und hatte ungewöhnlich große Augen. Das blonde Haar war zerzaust.

«Bitte?»

«Ich wiederhole mich nie», sagte der Junge. Er mochte vielleicht siebzehn oder achtzehn Jahre alt sein. Janey war nicht besonders gut, wenn es darum ging, das Alter von Leuten zu schätzen.

«Ich hab's nicht richtig gehört», sagte sie. Sie hatte alles ganz genau gehört.

«War nicht so wichtig.» Er ging in den hinteren Teil des Ladens und packte die Bücher aus dem Karton in ein Regal.

Sie verließ die Buchhandlung und ging zu Fuß zurück zur Schule. Die Bemerkung des Jungen hatte sie aus dem Gleichgewicht gebracht. Sie war es nicht gewohnt, von Leuten, die sie nicht kannte, angesprochen zu werden, und niemand hatte ihr je zuvor gesagt, daß sie gut aussah. Sie war sicher, daß sie nicht gut aussah. Was hatte der Junge also gemeint? Warum hatte er es gesagt? Er sah nicht aus wie einer von denen, die automatisch das Pfeifen kriegen, wenn ein Mädchen vorbeigeht. Also mußte es eine Art Witz gewesen sein. Doch weshalb machte er sich einen Spaß mit ihr? Was wollte er damit bezwecken? Erwartete er, daß sie schüchtern den Kopf senkte und «Oh, vielen Dank» sagte, oder was? Ein Mädchen, das so gut aussieht wie du, hat es doch nicht nötig, sich Gefühle aus Büchern zu holen. Warum hatte er das gesagt?

Ich grüble zuviel, dachte sie, das ist mein Problem. Jede andere hätte ihn ignoriert und oder ihn vernichtend angesehen – nur ich denke über solche Sachen nach.

Im Sozialkundeunterricht am Nachmittag saß Janey neben einem der stilleren Mitglieder der Clique, einem schüchternen Mädchen namens Georgie, die anscheinend kaum jemals etwas zu sagen hatte. Janey hielt sie für das Maskottchen der Clique. Wie ein zahmes Kaninchen.

Auf dem Lehrplan stand ein Religionsvergleich. Wie üblich paßte kein Mensch auf.

«Weshalb finden alle Pearl Silvera so unmöglich?» fragte Janey.

Georgie schaute sie ängstlich an, wie ein Hund, der gerade einen Befehl bekommen hat, sich aber nicht mehr erinnern kann, was jetzt von ihm erwartet wird. «Sie ist nicht besonders nett», meinte sie schließlich.

«Das weiß ich inzwischen. Aber was hat sie euch denn getan?»

Georgie warf einen kurzen Blick zur Lehrerin, die jede Menge Stichwörter an die Tafel schrieb. «Sie hat mir immer das Taschengeld geklaut – sie hat mir gedroht, mich zusammenzuschlagen, wenn ich es ihr nicht freiwillig gab.»

«Hast du das einem Lehrer erzählt?»

«Zu den Lehrern kann man damit nicht kommen.»

«Weshalb nicht?»

«Es geht einfach nicht.»

«Tut sie es immer noch?»

«Nein. Das war nur am Anfang, als ich neu hierher kam. Als ich dann Freunde hatte, ließ sie mich in Ruhe.»

Das erklärt wohl, weshalb Georgie mit Anthea und Co. herumzieht, dachte Janey.

«Hat man sie je erwischt?»

«Nein. Das passiert nur im Fernsehen, daß Typen wie sie geschnappt werden. Im wirklichen Leben passiert ihnen nichts.» Georgie begann sich für das Thema zu erwärmen. «Einmal hatte sie einen furchtbaren Streit mit Natalie Ashbrook. Die hat anschließend aus der Lippe geblutet. Sie kämpft mit den Fäusten. Sie boxt.» Sie machte eine Pause, bis die Lehrerin ihnen wieder den Rücken zukehrte. «Und sie nimmt Drogen – und sie ist ein bißchen – locker. Du weißt, was ich meine?»

«Locker?»

«Du weißt schon.»

Janey nahm an, daß sie Pearls Umgang mit dem anderen Geschlecht meinte. «Locker» bedeutete anscheinend, daß man die starren Grenzen dessen, was man mit Jungs tun durfte, überschritt. Locker bedeutete, daß man keine Jungfrau mehr war.

«Als ich mit ihr sprach, schien sie mir ganz in Ordnung.»

Georgie schüttelte den Kopf. «Du kannst ihr nicht trauen. Wenn sie will, kann sie nett sein. So war es auch bei Natalie – die hat sie abends zu Hause besucht. Aber sie hat geklaut. Das war auch der Grund für den Streit. Sie hat von Natalie Sachen gestohlen. Du kannst ihr nicht trauen.»

«Ich begreife nicht, weshalb ihr das nicht einem Lehrer sagt, wenn sie tatsächlich so ist.»

«Jetzt ist es ja nicht mehr nötig. Jetzt läßt sie uns in Ruhe.»

Es dämmerte Janey, daß die beiden Mädchen im Bus über Pearl Silvera gesprochen hatten. Kurz bevor sich Pearl neben sie setzte.

«Es muß doch einen Grund geben, weshalb sie so ist», sagte Janey. Ihre Mutter war Sozialpädagogin, und schon von ganz klein an war Janey immer wieder gesagt worden, daß die Leute – es sei denn, sie waren tatsächlich psychisch krank – immer einen Grund für ihr unsoziales Verhalten hatten. «Ein Hilfeschrei», nannte die Mutter es oft. «Ein solcher Hilfeschrei kann sich in den unmöglichsten Aktionen äußern. Im Stehlen, Lügen oder in Aggressionen. Oder im Schlafen mit Jungen.» Dieses Thema hatte die Mutter ausführlich mit ihr besprochen. Mädchen, die sich nach Aufmerksamkeit und Zuwendung sehnten, schliefen manchmal mit Jungen, wie eine Alkoholikerin zur Flasche greift oder wie eine angesehene ältere Dame plötzlich zur Ladendiebin wird. Das waren alles Hilfeschreie.

«Wenn keiner sie leiden kann, ist sie sicher sehr allein», sagte Janey.

«Sie hat es nicht anders verdient», meinte Georgie und drehte sich ein wenig zur Seite, um deutlich zu machen, daß sie alles, was sie zum Thema Pearl Silvera zu sagen gedachte, gesagt hatte.

Nach der Schule ging Janey ein Stück ihres Heimwegs mit Anthea und Rae. Sie stellte keine Fragen mehr bezüglich Pearl. Ihr Bild von ihr war klar genug; sie brauchte keine weiteren Einzelheiten mehr.

«Bis morgen.»

«Ja, bis morgen dann.» Janey überquerte die Straße und ging durch das Tor in den Lindon Park. Es war eine angenehme Abkürzung. Wenn sie den Park am anderen Ausgang wieder verließ, waren es nur noch zwei Blocks bis nach Hause. Wenn sie es nur ihr Zuhause nennen könnte.

Sie umrundete einen riesigen Rhododendronstrauch. Pearl saß allein auf einer Bank, die Arme auf der Lehne ausgebreitet. Das Kabel eines Walkmans schaute aus ihrer Tasche.

Als sie Janey sah, nahm sie die Kopfhörer ab. «Komm, das mußt du dir anhören.»

Janey zögerte.

«Komm schon.»

Sie ging zu der Bank. Pearl rutschte an ein Ende, und Janey setzte sich neben sie. «Setz' sie auf», sagte Pearl und hielt ihr die Kopfhörer hin. Janey drückte sie auf die Ohren. Es war indische Musik – Sitarmusik.

Nach ein paar Minuten nahm Janey die Kopfhörer wieder ab.

«Was sagst du dazu?», fragte Pearl.

«Ganz nett.»

«Ganz nett? Was ist los mit dir? Es ist super! Ravi Shankar und Alla Rakha auf der Tabla. Das Stück heißt ‹Raga Jogeshwari›. Es ist toll.»

«Ich hab sowas noch nie richtig gehört. Wahrscheinlich muß man es sich ein paarmal anhören, damit es eingeht.»

«Diese Sitarklänge sind echte Kopfmusik – die geht dir direkt ins Hirn. Und die Tabla trifft dich mitten in den Bauch. Es ist – es ist, wie in den Himmel zu kommen ohne zu sterben. Ich will, daß man bei meiner Beerdigung Sitarmusik spielt, klassische indische Musik wie die hier. Was für Musik hättest du gern bei deiner Beerdigung?»

«Das hab ich mir noch nicht überlegt, aber wie wär's damit: ‹Heaven, I'm in heaven›. Kennst du das?»

Pearl lachte, dann steckte sie die Hand in die Tasche, um die Kassette abzuschalten. Sie zog den Walkman heraus. Janey sah, daß es ein ziemlich teures Gerät war.

«Ich hab's von Dixon», sagte Pearl. «Es hat Bass Booster und Graphic Equalizer und alles. Es hätte fast neunzig Pfund gekostet.» Sie zuckte mit den Schultern und steckte das Gerät in die Tasche zurück. «Wenn sie nicht besser auf ihre Sachen aufpassen...»

Janey sah sie fragend an.

«Ich hab's mitgehen lassen», erklärte Pearl. Sie wich ihrem Blick nicht aus.

Janeys Schulterzucken drückte weder Ablehnung noch Zustimmung aus.

«Ich nehm an, sie haben dich schon bestens über mich informiert», meinte Pearl.

«Sie haben nicht viel gesagt.»

«Ach, ich kenne sie doch.»

«Warum hast du den Walkman mitgehen lassen?»

«Weil ich ihn nie hätte bezahlen können. Warum sonst?»

Janey starrte auf den Rasen vor sich.

«Jetzt bist du geschockt, was?»

«Nein. Geschockt nicht. Ich wundere mich nur.»

«Es gibt ein chinesisches Sprichwort, das geht so: Nimm dir, ohne zu zögern, das Eigentum deines Nachbarn – wenn du stark genug bist.»

«Und was soll das heißen?»

«Überleg mal.»

«Nein. Ich finde es nicht gut. Über sowas will ich gar nicht nachdenken.»

«Es ist das gleiche wie die natürliche Zuchtwahl. Das Gesetz, das in der Natur regiert.»

Janey stand auf. «Ich muß gehen... mein kleiner Bruder...»

Als sie wegging, rief Pearl ihr nach: «Du bist in Ordnung. Ich mag dich.»

In was für eine Umgebung haben meine Eltern mich da gebracht? dachte Janey, als sie die Straße entlangging, in der sie wohnten. (Sie weigerte sich, es «nach Hause gehen» zu nennen.) Fünf Wochen wohnten sie erst hier, und sie hatte bereits drei Leute kennengelernt, die nicht ganz koscher waren: der alte Mann vom Erdgeschoß, Pearl Silvera und der Junge in der Buchhandlung. War sie hier in einem Irrenhaus? Waren alle Großstädte so – voller Verrückter? Hatte das etwas damit zu tun, daß die Menschen hier auf engem Raum zusammengepfercht waren? Würde sie genauso verrückt werden, wenn sie länger hier wohnen blieb?

4. Kapitel

«Glaubst du, daß stehlen in jedem Fall schlimm ist?»

Janey gab einen ihrer seltenen Auftritte im Wohnzimmer. Gewöhnlich verbrachte sie den Abend in der Abgeschiedenheit ihres eigenen Zimmers, doch an diesem Abend hatte sie aus irgendeinem Grund das Bedürfnis nach Gesellschaft. Pearl ging ihr nicht aus dem Kopf.

Und etwas Merkwürdiges passierte mit den neuen Zeichnungen für ihre Nikolaus-Geschichte.

Ihre Mutter schaute sie stirnrunzelnd an. «Ich finde es ausgesprochen fies, eine solche Frage zu stellen, während ich mir meine Lieblingsshow im Fernsehen anschaue.»

«Die Frage ist doch ganz einfach», meinte Janey.

«Die einfache Antwort darauf ist dann: Nein, wahrscheinlich nicht in jedem Fall. Genügt das?»

Die Mutter wandte sich wieder dem Fernseher zu. Janey setzte sich neben sie auf die Couch und sah ihren Vater an. Er saß mit Immobilienanzeigen auf dem Schoß im Lehnstuhl.

«Wie stehst du dazu, Dad?»

«Wie stehe ich wozu, Liebes?»

«Stehlen.»

«Weshalb? Was hast du gestohlen?»

«Nichts. Es war eine rein hypothetische Frage.»

Er schaute nachdenklich an die Decke. «Wahrscheinlich ist es keine besonders clevere Idee. Ich würde es dir jedenfalls nicht empfehlen, weil sie dich schnappen und einsperren würden und ich dich dann vermissen würde.»

«Ist das der einzige Grund? Weil sie einen schnappen könnten? Heißt das dann, solange sie dich nicht schnappen, ist es okay?»

«Du bist heute abend so tiefschürfend. Hast du wieder deine Philosophen gelesen?»

«Mit dir kann man einfach nicht ernsthaft reden.»

«Tut mir leid.» Er legte die Anzeigen und Prospekte auf einen Stapel und beugte sich vor, die Hände auf die Knie gestützt. «So, jetzt. Ist stehlen schlimm? Ja, es ist schlimm. Es ist moralisch gesehen schlimm, weil es bedeutet, daß du jemandem etwas wegnimmst, wofür er gearbeitet und das er rechtmäßig erworben hat; und es ist praktisch gesehen schlimm, weil es bedeutet, daß du, wenn du das Stehlen als Kavaliersdelikt betrachtest, akzeptieren mußt, daß die Leute auch dich bestehlen.»

«Wie sieht es mit ererbtem Reichtum aus? Mit Reichtum, der durch Ausbeutung erworben wurde? Mit stehlen in einer Gesellschaft wie der unseren, in der Reichtum so ungleich verteilt ist?» fragte die Mutter.

«Du wolltest doch fernsehen», meinte der Vater. «Außerdem wirst du politisch, du redest von verschiedenen Abstufungen von schlimm. Janey hat aber von Moral geredet.»

«Hab ich das?»

«Moral!» sagte die Mutter. «Du redest immer in absoluten Größen. In schwarz und weiß. Aber in Wirklichkeit setzt sich die Welt aus einer Vielzahl von Graustufen zusammen.»

«Dann kann stehlen in bestimmten Fällen also okay sein?»

«Nein», sagte der Vater.

«Ja», sagte die Mutter.

«Danke», sagte Janey, «jetzt ist mir vieles klarer.»

Ritchie kam herein. «Wo ist mein Spirograph?»

«Irgendwo in deinem Zimmer», antwortete die Mutter.

«Da ist er nicht.»

«Hast du nachgeschaut?»
«Ja.»
«Hast du richtig nachgeschaut?»
«Ja, überall.»
«Das heißt dann wohl, daß dein Zimmer aussieht wie nach einem Bombenangriff», meinte der Vater.
«Dann ist er wahrscheinlich eingelagert wie die anderen Sachen auch», meinte die Mutter.
«Mutter!»
«Ich kann's nicht ändern. Ich hab dir gesagt, du sollst alles aussortieren, was du willst. Wenn du den Spirographen nicht aussortiert hast, ist das deine Schuld.»
Ritchie blieb unschlüssig unter der Tür stehen. «Ich wollte damit spielen.»
«Dein Pech.»
«Du hast ein ganzes Zimmer voll anderer Sachen, Ritchie», sagte der Vater. «Spiel mit was anderem.»
«Ich will aber nicht mit was anderem spielen.»
«Ich würde mir gern die Sendung hier anschauen», sagte die Mutter. «Würdest du das dämliche Ding bitte vergessen und mich ausnahmsweise mal in Frieden lassen? Wann komm ich schon mal dazu, mich hinzusetzen und fernzusehen? Ich will mir jetzt die Sendung anschauen. Verzieh dich.»
«Ich hasse das Haus hier. Wann haben wir endlich wieder ein eigenes?»
«Bald.»
«Wie bald?»
«Bald! Und jetzt zieh Leine, Ritchie.»
«Ich will meinen Spirograph», maulte Ritchie.
«Wenn ich mich recht erinnere», sagte der Vater, «hast du das Ding nicht ein einziges Mal aus der Schachtel genommen, seit wir es dir letztes Jahr zu Weihnachten geschenkt haben. Weshalb brauchst du es ausgerechnet jetzt so dringend?»
Ritchie schaute ihn beleidigt an.

«Ich will dir was sagen, Ritchie», meinte der Vater. «Das liegt daran, daß du es jetzt nicht haben kannst. Wenn es verfügbar wäre, würdest du es nicht wollen, aber weil es nicht da ist, brauchst du es plötzlich ganz dringend. Das ist typisch für dich – du willst nur das, was du nicht haben kannst.» Der Vater zog die Augenbrauen zusammen. «Und wenn du mich weiter so anschaust, mein Junge, gibt's Probleme.»

«Alles Mist», sagte Ritchie leise.

«Ich spiel mit dir», sagte Janey und rappelte sich von der Couch hoch. «Komm, beweg dich, wir suchen uns was zum Spielen.»

Ritchie strahlte. Janey spielte fast nie mit ihm – sie hatte das Angebot jetzt nur gemacht, weil sie spürte, daß Streit in der Luft lag. Janey haßte Auseinandersetzungen.

Sie schloß die Wohnzimmertür hinter sich und ging in Ritchies winziges Zimmer hinter der Küche.

Ritchie stand in einem chaotischen Durcheinander von Spielsachen.

«Mutter bringt dich um», sagte Janey und sah sich um. «Schau dir das bloß an.»

«Ich hab meinen Spirograph gesucht.»

«Was willst du spielen?» fragte sie. «Wie wär's mit Trivial Pursuit?»

«Nein. Da gewinnst immer du.»

Sie schlug ein paar andere Brettspiele vor, doch Ritchie zeigte kein Interesse.

«Was dann?» Sie schaute auf seine Sammlung von Robotern, Autos und Soldaten.

«Arzt und Krankenschwester.»

«Nein.»

«Warum nicht?»

«Ich bin zu alt dafür. Wo hast du die her?» Sie angelte einen dicken Schlüsselbund aus dem Geisterhaus ihres Bruders. Die Schlüssel an dem Ring waren groß und schwarz vom Alter.

«Gefunden», sagte Ritchie.

«Wo?»

Er zeigte auf einen schmalen Einbauschrank, in dem auch der Heißwasserboiler war.

«Die lagen einfach so da drin?»

Er nickte.

«Hast du sie mal ausprobiert? Passen sie irgendwo?»

«Weiß nicht. Wir könnten Dungeons und Dragons spielen.»

«Nein. Das dauert zu lang.» Sie betrachtete die Schlüssel genauer. «Sie müssen zum Haus gehören», meinte sie. Sie probierte ein paar im Schloß an seiner Tür aus. Der siebte paßte, und mit schierer Gewalt schaffte sie es, ihn im Schloß umzudrehen und den farbverschmierten Riegel in Bewegung zu setzen. Sie überlegte, daß einer der Schlüssel auch zu dem geheimnisvollen, immer verschlossenen Zimmer ein Stockwerk tiefer passen könnte.

«Willst du Entdecker spielen?»

«Was sollen wir denn entdecken?»

«Komm, ich zeig's dir.» Als sie am Wohnzimmer vorbeigingen, rief Janey: «Wir gehen nur runter zu mir.»

«Was entdecken wir denn?»

«Pssst!»

«Ich will es aber wissen.»

«Bist du wohl still!»

«Gehen wir runter zu dem Verrückten? Gehen wir in seine Wohnung?»

«Er ist nicht verrückt.»

«Du hast gesagt, du hast ihn singen hören, als er dachte, es sei niemand im Haus.»

«Ich hab dich auch schon reden hören, als niemand bei dir war, aber deshalb sag ich nicht, daß du verrückt bist.»

«Ich bin auch nicht alt und tatterig.»

«Still. Womöglich hört er dich.»

«Er ist wahrscheinlich taub und halb blind und fällt bald auseinander. Und er riecht komisch.»

«Du warst nie nah genug an ihm dran, um ihn zu riechen.»

«Da drunten riecht alles komisch.»

«Das ist nur das Haus. Du sollst nicht so über ihn reden, nur weil er alt ist. Eines Tages bist du genauso alt, dann gefällt es dir auch nicht, wenn die Leute solche Sachen über dich sagen.»

«Ich werde nie so wie er. Bis ich alt bin, haben sie Maschinen erfunden, damit die Leute nicht so werden. Wenn was an uns kaputt ist, kriegen wir Ersatzteile aus Plastik. Und wir haben Finger aus Eisen, ganz starke, mit denen wir Ziegelsteine zerquetschen können. Und wir haben Spezialaugen, mit denen wir durch alles durchgucken können. Und Spezialohren, damit wir hören können, was ganz weit weg passiert. Wir haben ganz neue Körper. Und wir riechen nicht komisch.»

«Nur nach Schmieröl und Rost. Aber jetzt sei still. Ich will sehen...» – Janey senkte die Stimme zu einem Flüstern – «ich will sehen, ob einer von den Schlüsseln hier reinpaßt.» Sie standen vor dem verschlossenen Zimmer.

«Was ist da drin?»

«Keine Ahnung. Deshalb will ich ja nachschauen.» Bereits der zweite Schlüssel paßte. Er ließ sich leicht im Schloß drehen. Schweigend sahen sie sich an.

«Vielleicht sind Gespenster drin», meinte Ritchie.

«Hab ich auch schon gedacht. Oder Leichen, vom Boden bis zur Decke gestapelt und alle mit durchgeschnittenen Kehlen.»

«Ich hab noch nie eine Leiche gesehen. Hast du schon mal eine Leiche gesehen?»

«Nur im Fernsehen. Die hier liegen schon jahrelang da drin rum – sie sind ganz blau und aufgedunsen und halb verwest. Wenn du einen Arm anfaßt, bricht er an der Schulter ab, und die Finger packen dich und krallen sich an dir fest, und du kriegst ihn nie mehr los.»

«Und Ratten sind auch drin», sagte Ritchie und klammerte sich an Janeys Ärmel. «Ratten so groß wie – so groß wie Möpse. Wir brauchen Waffen. Wir müssen uns gegen sie wehren können.»

Natürlich glaubte Janey nicht eine Minute lang, daß in dem Zimmer Ratten wären, genausowenig wie sie an die Leichenhaufen glaubte. Trotzdem hatte sie es fertiggebracht, sich selbst Angst einzujagen. Sie versuchte, die blutrünstigen Vorstellungen mit etwas weniger gruseligen zu überdecken.

«Vielleicht führt die Tür auch in eine andere Welt», sagte sie. «Vielleicht sind hinter der Tür Felder und Berge.»

«Und Roboter und Raumschiffe.»

Sie drückte die Klinke hinunter und öffnete die Tür einen Spaltbreit.

«Du zuerst», sagte sie.

Ritchie stieß die Tür weit auf. Blanke Dielen und altmodische Tapeten. Vorsichtig tastete Janey nach dem Lichtschalter.

Sie betraten ein großes, aber vollkommen leeres Zimmer. Die Vorhänge waren zugezogen, und von der Decke hing eine nackte Glühbirne.

«Na, super», sagte Ritchie. Er ging zu einem der Fenster, dabei quietschten seine Schuhsohlen laut auf den Dielen.

Janey wanderte durchs Zimmer. Es gab einen großen offenen Kamin mit einem Marmorsims und Motivkacheln an beiden Seiten. Sie schrieb ihren Namen in den Staub auf dem Sims.

Ritchie stampfte über die Dielen und lauschte dem hohlen Poltern.

«Hör auf!»

«Warum?»

Sie zeigte nach unten. «Er kann uns hören.»

«Na und?»

«Wir dürften hier gar nicht sein.»

«Warum nicht?»

«Weil wir das Zimmer nicht gemietet haben.»

«Und?»

«Ach, vergiß es. Komm, wir gehen wieder...»

Sie hörten, wie unten eine Tür geöffnet wurde, dann eine Stimme: «Wer ist da? Wer ist da oben in dem Zimmer?»

Sie schauten sich kurz an, dann rannte Ritchie zur Tür und wie der Blitz die Treppe hinauf.

Janey zog die Tür hinter sich zu und beugte sich über das Treppengeländer.

«Wir sind es nur», rief sie leise. Sie beugte sich weiter vor. Die Tür zu dem unteren Zimmer zur Straße hin stand ein kleines Stück weit offen. Sie ging ein paar Stufen hinunter. «Es tut mir leid, wenn wir Sie gestört haben...»

Die Tür wurde ein Stück weiter geöffnet – sie sah kurz das Gesicht des alten Mannes –, dann wurde sie wieder geschlossen.

Janey ging zum ersten Treppenabsatz hinunter. Der Gedanke, daß der alte Mann Angst vor ihnen haben könnte, machte ihr zu schaffen. Sie ging zurück zu dem Zimmer, schloß die Tür ab und ging mit dem Schlüsselbund in der Hand langsam die Treppe hinunter.

Einen Augenblick zögerte sie, dann klopfte sie an die braune Tür. Sie hörte leise Musik und verschiedene andere Geräusche, schließlich ging die Tür auf. Der alte Mann trug einen Morgenmantel und Hausschuhe, dazwischen waren jedoch Hosenbeine zu sehen.

«Es tut mir sehr leid, wenn wir Sie gestört haben», sagte Janey mit ihrem nettesten Lächeln. Sie wartete einen Augenblick, falls er etwas sagen wollte. Als jedoch nichts kam, fuhr sie fort: «Wir haben diese Schlüssel hier gefunden. Oben. Gehören sie Ihnen?»

«Nein. Mir nicht.»

«Oh.» Sie schaute auf die Schlüssel hinunter. «Mein Bruder hat sie gefunden. Sie gehören zum Haus.»

«Dann mußt du sie dem Hausbesitzer bringen.»

«Soll ich sie solang behalten, oder wollen Sie...?» Sie hielt ihm die Schlüssel auf der flachen Hand hin. «Es könnten welche dabei sein, die in Ihre Türen passen. Wollen Sie mal probieren?»

«Gib sie lieber Mr. Owen. Es werden seine sein. Ich hab nichts damit zu tun.» Er machte Anstalten, die Tür wieder zu schließen.

«Gut, dann tu ich das. Vielen D...» Die Tür fiel ins Schloß. «Vielen Dank», sagte sie zu dem Holz.

Sie ging in Ritchies Zimmer hinauf. Er saß auf dem Bett und hatte etwas in der Hand, das halb Dinosaurier und halb Flugzeug war. Er sah zu ihr auf.

«Danke, daß du mir beigestanden bist», sagte sie.

«Ich dachte, du rennst auch weg.»

«Feigling.»

«Vogelscheuche. Es war schließlich deine Idee. Ist er raufgekommen?»

«Nein.»

«Na, also. Spielen wir Weltraumkrieger?»

«Nein, keine Lust. Ich spiele nicht mit Feiglingen. Ich geb die Schlüssel jetzt Vater. Der alte Mann meint, sie gehören wahrscheinlich Mr. Owen.»

«Erzählst du ihm, daß wir in dem Zimmer waren?»

«Nein. Und du hältst auch den Mund, oder ich dreh dir den Hals um.»

Als sie das Wohnzimmer betrat, sagte ihr Vater gerade: «... erstaunlich geräumige, eineinhalbstöckige viktorianische Villa.»

«Erstaunlich geräumig heißt, es ist winzig», sagte die Mutter.

Der Fernseher war aus, und die Eltern saßen nebeneinander auf der Couch, halb begraben unter Prospekten von Immobilienmaklern.

«Und wie steht's damit? ‹Das ideale Haus für den Heimwerker...› »

«Total vernachlässigt», übersetzte die Mutter.

«Oder das: ‹Erstklassiges Angebot für Schnellentschlossene...› »

«Einsturzgefährdet.»

« ‹Originalausstattung› ?»

«Petroleumfunzeln und Kohleheizung.»

«Aber wie wäre es damit? ‹Doppelhaushälfte, vier Zimmer, Einbauküche, mod. Sanitäreinrichtung, großer Garten. Sehr schönes Anwesen in ruhiger Wohngegend.› »

«Wo ist es?»

«Hanover Avenue.»

«Das hab ich vorhin schon gesehen. Es ist mit dem Wagen zwanzig Minuten vom Bahnhof entfernt. Mitten in der Pampa. Wie willst du denn von da zur Arbeit kommen?»

«Amüsiert ihr euch gut?» fragte Janey.

«Nein. Sollten wir je ein Haus finden, werde ich nie, nie mehr umziehen», sagte die Mutter. «Niemals mehr.»

Der Vater nahm einen Armvoll der Prospekte und warf sie in die Luft. «Komm, laß uns früh ins Bett gehen, anstatt uns damit herumzuquälen», sagte er.

«Die hab ich gefunden», sagte Janey und klimperte mit den Schlüsseln. «Der alte Knabe von unten meint, sie gehören Mr. Owen.»

«Wo hast du mit ihm gesprochen?» fragte die Mutter.

«Unten. Ich hab bei ihm geklopft.»

«Du sollst ihn doch nicht stören. Der arme alte Mann, wahrscheinlich hat er bereits geschlafen.»

«Nein, hat er nicht. Er hat Musik gehört.»

«Trotzdem sollst du nicht zu ihm runter.»

«Tu ich ja normalerweise auch nicht, aber ich dachte, sie gehören ihm.» Sie erzählte, wo Ritchie die Schlüssel gefunden hatte. Daß sie und Ritchie in dem verschlossenen Zimmer gewesen waren, sagte sie nicht.

«Owen hat versprochen, am Samstag nach den Dachrinnen zu schauen. Dann geb ich sie ihm», sagte der Vater.

«Das ganze Zeug hier können wir genausogut in den Papierkorb schmeißen. Ich habe morgen Nachmittag ein bißchen Zeit, da kann ich noch mal ein paar Makler abklappern und sehen, ob sie etwas Neues hereinbekommen haben.» Die Mutter stand auf. «Ich dusch mich noch rasch, dann bin ich im Bett.»

Janey putzte sich die Zähne über der Spüle in der Küche. Sie sehnte sich nach einem Badezimmer. Da die Mutter unter der Dusche stand, hatte sie den Hahn nur soweit aufgedreht, daß ein kleines Rinnsal heraustropfte.

«Gehst du auch ins Bett?» Der Vater kam gerade aus dem Wohnzimmer.

«Was soll ich sonst machen?» Bekümmert schaute sie ihn an. «Ich kann dieses Haus nicht ausstehen.»

Er legte ihr den Arm um die Schultern. «Paß auf, Kleines, wir sind hier raus, bevor du dich versiehst.»

«Wirklich?»

«In Null Komma nichts. Nein, in Null Komma Null nichts. In Null Komma Null nichts haben wir ein hübsches Haus, und du liegst mir in den Ohren, daß ich dir dein Zimmer neu streichen soll.»

Sie lächelte.

«So gefällst du mir besser», sagte er. «Was für ein hübsches Lächeln du hast.» Er drückte sie. «Überhaupt: was für ein hübsches Ding du bist.»

«Vater, ich bin nicht hübsch.»

«Für mich schon.»

Als sie nach unten ging, sah sie den Vater vor der Dusche stehen, einen Arm hinter dem Vorhang.

«David!» hörte sie die Mutter sagen. «Um Himmels willen – kannst du nicht warten?»

Janey saß im Bett, um sie herum Blätter aus ihrem Skizzenblock. Das Merkwürdige, das mit ihren Nikolaus-Zeichnungen passiert war, sah so aus, daß sie ziemlich gewalttätig geworden waren. Aus der Heldin, die vorher eine etwas vorlaute Version der Alice aus «Alice im Wunderland» gewesen war, war eine Art weiblicher Rambo geworden. Wo sie vorher den Besitzer eines kleinen Fischerbootes überredet hatte, sie über den Ärmelkanal zu setzen, bedrohte sie ihn nun mit einem Messer.

Janey hatte keine Kontrolle mehr über die Figur Pearl. Sie ließ die Idee vom Nikolaus und von Weihnachtsgeschenken lächerlich erscheinen. Tatsächlich war es so, daß einer der beiden verschwinden mußte – entweder Pearl oder der Nikolaus. Daß die beiden auf ein und demselben Planeten lebten, war schlicht unmöglich.

Janey schaltete das Licht aus und kuschelte sich in die Decke.

Sie fragte sich, ob es die Mühe lohnte, mit der Geschichte weiterzumachen. Wenn es so weiterging, würde die Figur der Pearl dem Nikolaus wahrscheinlich die Kehle durchschneiden und sein Wolkenschloß anzünden.

Also. Was muß mit Pearl geschehen?

5. Kapitel

«Wenn ich bloß mehr Geld hätte», sagte Janey.

Samstagmorgen. Ausgestreckt auf der Couch liegend, die Hände in den Hosentaschen, den Blick auf die wackelnden Zehen gerichtet. Ihre Eltern steckten mitten in den Vorbereitungen zur Besichtigung von drei weiteren Häusern.

«Falls du mit diesem Prolog die Bitte um mehr Taschengeld einläuten willst, hast du leider kein Glück», sagte der Vater. «Vor zwei Monaten haben wir uns auf einen bestimmten Betrag geeinigt; außerdem haben wir uns darauf geeinigt, daß es keine Erhöhung gibt bis zum nächsten Jahr – frühestens.»

«Daran hab ich doch auch überhaupt nicht gedacht», verteidigte sich Janey. «Schau mal, ich kann meinen kleinen Zeh unabhängig von den anderen bewegen. Clever, was?»

«Vielleicht solltest du dich mal nach einem Job umschauen, Herzchen», schlug die Mutter vor. «Wie alle anderen auch. Ein Samstagsjob.»

«Wenn ich bloß einen Job haben könnte», sagte Ritchie.

«Du bist zu jung», sagte die Mutter.

«Ich auch», sagte Janey.

«Zu faul», meinte der Vater. «Falls du je mal Kinder kriegst, kommen sie mit Rädern auf die Welt, statt mit Beinen.»

«Ich will keine Kinder. Und faul bin ich nicht. Du hältst mich für faul, weil ich nicht dauernd herumrenne. Aber ich denke – ich denke die ganze Zeit.»

«Und welche großartigen Gedanken beschäftigen dich im Augenblick?»

Janey sah den Vater an. «Du hackst heute dauernd auf mir rum. Was hab ich dir getan?»

Der Vater packte sie am Knöchel und hob ihr Bein in die Luft. «Nichts», sagte er und ließ das Bein wieder los. «Gar nichts. Das ist alles kostenlos.»

«Wofür hättest du denn gern mehr Geld?» wollte die Mutter wissen.

«Oooch – für nichts Besonderes. Bücher.»

«Ach so. Ich dachte schon, du wolltest mal einen richtigen Friseur an deine Haare lassen. Damit du wie ein normales Mädchen aussiehst.»

«Ich will nicht wie ein normales Mädchen aussehen», sagte Janey. Sie lag immer noch rücklings auf der Couch. «Ich kann mir nichts Schlimmeres vorstellen, als normal zu sein.»

«Keine Bange, das schaffst du gar nicht», sagte der Vater.

Janey setzte sich auf. «Bücher werden immer teurer – selbst Taschenbücher. Neulich war ich wieder mal in einer Buchhandlung. Selbst ganz gewöhnliche Taschenbücher sind so teuer, daß mein gesamtes Taschengeld für eine Woche weg wäre, wenn ich mir nur zwei kaufen würde.»

«Geh in die Leihbücherei.»

«Das ist nichts für mich. Ich will keine geliehenen Bücher. Ich will Bücher, die mir gehören.»

«Dann such dir einen Job.»

«Wie?»

«Im Schaufenster des Zeitungsladens gleich unten an der Straße hängen immer eine Menge Zettel mit Angeboten. Geh da mal hin. Und wenn das nichts wird, frag deine Klassenkameraden. Die haben doch auch Jobs, oder?»

«Ich nehm's an. Jedenfalls die meisten.»

«Na, siehst du.»

«Die Vorstellung, den ganzen Samstag arbeiten zu müssen, gefällt mir überhaupt nicht. Wann hab ich denn mal Zeit für mich, wenn ich ständig arbeiten muß?»

«Hört, hört!» sagte der Vater. «Zeit für dich? Was machst du denn jetzt mit deiner Zeit?»

«Ich denke.»

«Wir sollten gehen», sagte die Mutter. Sie schaute Janey an. «Wir gehen anschließend noch einkaufen. Zwei, drei Stunden sind wir also schon weg.»

«Kann ich mitkommen?» fragte Ritchie.

«Wenn du willst. Aber wir kaufen Lebensmittel ein, keine Spielsachen.»

Ritchie ging hinaus, um seinen Anorak zu holen. Die Mutter würde wahrscheinlich hart bleiben, aber wenn er seinen Vater entsprechend bearbeitete, war er ziemlich sicher, daß etwas für ihn herausspringen würde.

Nachdem sie weg waren, probierte Janey ein paar Minuten lang aus, was sie alles mit den Zehen vom Boden aufheben konnte – Bleistifte, Münzen und Papierschnipsel. Es war ein recht angenehmer Zeitvertreib.

Sie saß mit einem Kugelschreiber zwischen den Zehen auf der Couch und versuchte, ihren Namen auf ein Blatt Papier zu schreiben. Ohne großen Erfolg. Plötzlich merkte sie, daß sie sich schrecklich langweilte. Es gab keinen speziellen Anlaß für die Langeweile, sie hatte nichts mit dem Augenblick zu tun. Es war eine allgemeine Langeweile. Sie ging hinunter in ihr Zimmer.

Im Erdgeschoß wurde eine Tür geöffnet. Sie schlüpfte rasch in ein Paar Schuhe und beugte sich im Flur übers Treppengeländer.

Der alte Mann steckte eine offene Einkaufstüte voller Abfall in die Tonne neben der Haustür. Sie ging hinunter.

«Hallo», sagte sie.

Er schaute sich um und murmelte eine Antwort.

«Schönes Wetter heute, nicht wahr? Mein Vater gibt die Schlüssel Mr. Owen, wenn er morgen vorbeikommt.»

Der alte Mann sah sie verständnislos an.

«Sie wissen doch», sagte sie, «die Schlüssel.»
«Welche Schlüssel, Mädchen?»
«Die, die ich Ihnen gezeigt habe.»
«Mir nicht.»
«Bitte?»
«Du hast mir keine Schlüssel gezeigt. Das war jemand anderer. Du verwechselst mich mit jemand anderem.»
«Nein, bestimmt...» Sie hielt inne. Ganz offensichtlich hatte er es vollkommen vergessen. Sie erinnerte sich, was ihre Mutter ihr mal über das Gedächtnis von gewissen alten Leuten gesagt hatte. An Vorfälle aus ihrer Kindheit erinnern sie sich, als sei es gestern gewesen, aber wenn man sie nach etwas fragt, was vor zwei Tagen passiert ist, haben sie keine Ahnung.
«Ich bin gerade auf dem Weg zum Einkaufen», sagte sie. «Kann ich Ihnen etwas mitbringen?»
Er schüttelte den Kopf. «Mach dir keine Mühe.»
«Das ist keine Mühe. Ich gehe ja ohnehin.»
«Ich muß mich nicht drum kümmern. Sie kommen vorbei.»
Janey kombinierte rasch. «Essen auf Rädern, meinen Sie?»
«Mädchen von der Stadt.»
«Ja, das meinte ich. Dann brauchen Sie also nichts. Sind Sie ganz sicher?»
«Mach dir keine Mühe.»
Sie fragte sich, ob sie ihm sagen sollte, daß sie ihn neulich hatte singen hören, aber vielleicht wäre es ihm peinlich gewesen, wenn er gewußt hätte, daß sie ihn belauscht hatte. Oder vielleicht erinnerte er sich gar nicht mehr daran. Vielleicht war das Singen ein schwarzer Fleck in seinem Gedächtnis wie die Sache mit den Schlüsseln.
«Also gut – auf Wiedersehen dann.»

Sie stand vor dem Zeitungsladen, in dem auch Süßigkeiten verkauft wurden. Im Fenster hing eine Plastikhülle mit Fächern für einzelne Kärtchen.

Massage in Ihren eigenen vier Wänden.
Rufen Sie Sylvia an.
Bester Service garantiert.

Das glaub ich gern, dachte Janey.

Verkaufe Mountainbike. Wie neu.

Installationsarbeiten?
Fragen Sie zuerst bei Brian Rivers
nach einem kostenlosen Voranschlag.

Nichtraucherin, Feministin
bietet zwei Plätze in Wohngemeinschaft.
Eigene Schlafzimmer.

Keiner ist schneller als Steve Peller!
Anstreicher und Tapezierer.

Buchhandlung Bücherwurm
sucht Aushilfe für abends und samstags.

Janeys Herz schlug schneller. Sie las die letzte Karte noch einmal. Niedriger Lohn. Harte Arbeit bis spät abends.

Sie fuhr sich mit der Zunge rasch ein paarmal über die Oberlippe. Bücherwurm. Das war die Buchhandlung in der Nähe ihrer Schule. Die, wo der merkwürdige Junge sie angesprochen hatte. Abends und samstags? Niedriger Lohn? Aber – eine Buchhandlung!

Sie mußte sich beherrschen, um nicht zu rennen. Eine Buchhandlung. In einer Buchhandlung arbeiten. Das Paradies!

Vor der Tür zögerte sie einen Augenblick – dann war sie drin. An der Kasse stand ein Mädchen, das nicht viel älter war als sie. Janey wartete ungeduldig, bis der Kunde vor ihr abgefertigt war.

«Kann ich bitte mit dem Chef sprechen?»

«Mr. Roberts ist im Augenblick nicht da, nur Simon.» Das Mädchen wies mit dem Kopf zum hinteren Teil des Ladens. «Aber vielleicht kann ich auch helfen.» Ihr Ton verriet, daß sie Janeys Frage fast als Beleidigung aufgefaßt hatte. Janey achtete nicht darauf.

Simon war der Junge mit den großen Augen. Er stand auf einem Stuhl, in der einen Hand ein Blatt Papier. Mit der anderen fuhr er über die Buchrücken.

«Entschuldige bitte.»

Der Junge drehte sich um und schaute zu ihr herunter. Seine Augen begannen zu strahlen, als er sie sah. Janey hatte schon gelesen, daß die Augen gewisser Leute zu strahlen begonnen hätten, doch gesehen hatte sie es vorher noch nie.

«Hallo», sagte er.

«Ich weiß nicht, ob du mir weiterhelfen kannst.»

Er kletterte vom Stuhl. «Ich kann's versuchen.»

«Es dreht sich um die Anzeige – im Schaufenster des Zeitungsladens – für einen Job. Samstags und gelegentlich abends...»

«Ist schon weg.»

«Bitte?»

«Ist schon weg. Die Anzeige ist Wochen alt. Hängt die Karte also immer noch da? Sowas Blödes – sie hätten sie längst rausnehmen sollen.» Er wies auf das Mädchen bei der Kasse. «Angela hat die Stelle bekommen. Tut mir leid.»

«Oh. Verstehe.» Sie stopfte die Hände in die Hosentaschen. Es gab keinen Grund dazu, trotzdem kam sie sich blöd vor. Es war nicht ihre Schuld, daß die dämliche Karte immer noch im Fenster hing. Trotzdem kam sie sich vor wie ein Idiot.

«Tut mir leid.»

«Nicht so schlimm. Eigentlich wollte ich samstags ohnehin nicht arbeiten. Entschuldige, wenn ich dich...» Sie machte eine unbestimmte Geste zu dem Stuhl hin. «Jedenfalls vielen Dank.» Sie drehte sich um und ging hinaus.

Sie war gerade ein paar Meter die Straße hinuntergegangen, als sie schnelle Schritte hinter sich hörte. Sie drehte sich um und blieb stehen, damit der Junge nicht weiterlaufen mußte.

«Wollen wir zusammen ins Kino gehen?»

«Bitte?»

«Wollen wir zusammen ins Kino gehen – heute abend?»

«Ich hab schon was vor», sagte Janey automatisch.

Er runzelte die Stirn. «Morgen?»

Sie schüttelte den Kopf. «Tut mir leid.»

«Montag? Dienstag? Irgendwann?»

«Ich kann nicht. Tut mir leid.» Sie wollte ihn loswerden, aber es hätte sehr unhöflich ausgesehen, wenn sie einfach weitergegangen wäre.

Er schüttelte langsam den Kopf. «Überhaupt nicht? Nie?»

«Ich geh nicht gern ins Kino.» Eine bessere Ausrede fiel ihr auf die Schnelle nicht ein. «Ich hab auch nicht viel Zeit für mich. Abends muß ich meist auf meinen kleinen Bruder aufpassen.» Gelegentlich mal. Sehr gelegentlich.

«Oh.» Merkwürdigerweise sah er aus, als sei er am Boden zerstört. «Da kann man wohl nichts machen.»

Warum ich? dachte sie. Warum fragst du ausgerechnet mich?

Er lächelte. «Du bist mir nicht böse, weil ich gefragt habe. Oder?»

«Nein.»

«Gut. Okay. Bis dann.» Er ging ein paar Schritte zurück, dann drehte er sich noch einmal um. «Wir sind die beste Buchhandlung in der ganzen Gegend», rief er. «Wenn du im Laden was nicht findest, bestellen wir es für dich. Wir bestellen alles.»

«Danke.»

«Denk dran.»

«Ja, werd' ich.»

Sie war so mit der Frage beschäftigt, weshalb jemand ausgerechnet sie, ganz speziell sie ins Kino einladen sollte, daß sie die Gestalt, die neben ihr her watschelte, gar nicht bemerkte.

«Dich hab ich doch schon mal hier gesehen. Stimmt's?»

Janey sah sich um. Es war eine alte Frau – eine alte Pennerin, die mehrere Jacken übereinander trug und darum fast so rund war wie ein Ball. In jeder Hand hatte sie drei oder vier Plastiktüten. Unter ihrem Hut schauten ein paar Haarsträhnen hervor.

«Du bist ganz schön clever, das seh ich.»

Bei näherem Hinsehen erkannte Janey, daß die Frau gar nicht so alt war, wie sie ursprünglich angenommen hatte. Sie war schmutzig – grau wie ein altes Haus –, aber die Haut über ihren Wangen war glatt, und ihre blauen Augen glänzten. Sie hätte jedes Alter haben können.

«Ich bin nicht so dumm, wie ich aussehe», sagte die Frau. Ihr Akzent hätte irisch oder schottisch sein können aber auch keins von beiden.

«Oh, gut.» Janey lächelte.

«Du lachst. Du lachst und denkst: die verrückte Alte.»

«Nein, denke ich nicht.»

«Du denkst, sie hat nicht mehr alle Tassen im Schrank. Oho – ich mache keine Fehler beim Schreiben. In Rechtschreiben war ich schon immer gut. Ich war die Beste in der Schule. Die Beste in der ganzen Schule. Ich weiß, wie man Mississippi schreibt. Mit vier ‹s›. Vier ‹s› und zwei ‹p›. Stimmt's?»

«Ich nehm's an.»

«Hundertprozentig. Ja, rechtschreiben kann ich. Kennst du den? Gehen zwei Schlangen spazieren?» Sie kicherte. Das runde Gesicht teilte sich. Braune Zahnreihen kamen zum Vorschein.

«Nein.»

Die Frau lachte so sehr, daß sie erst mal nicht weitersprechen konnte. Schließlich begann sie noch einmal: «Gehen zwei Schlangen spazieren. Plötzlich fragt die eine die andere: ‹Du, bin ich eigentlich giftig?› Sagt die andere: ‹Keine Ahnung. Warum fragst du?› Antwortet die erste: ‹Weil ich mir gerade auf die Zunge gebissen habe.› »

«Sehr gut», sagte Janey. «Der gefällt mir.»

«Hast du vielleicht ein bißchen Kleingeld für mich?»

«Ja. Natürlich.»

«Du bist der gute Samariter, Liebchen. Wirklich, das bist du.»

Janey gab ihr einen Großteil ihres Taschengeldes. Zumindest halb-gut, dachte sie.

Die Frau watschelte weiter, die schmutzige Faust fest um die Münzen geschlossen.

Okay, dachte Janey, das war's dann wohl. Jetzt muß ich mir einen Job suchen.

Sie ging zurück zum Zeitungskiosk. Während sie am Fenster stand und die Anzeigen noch einmal durchlas, steckte jemand von innen eine neue Karte in die Plastikhülle.

Schüler/in gesucht.
Dienstags und donnerstags von 17-18 Uhr.
Samstags von 8-16 Uhr. Bewerbungen hier.

Sie ging hinein und hatte den Job.

Bis Janey nach Hause kam, war die Post da. Sieben braune Umschläge. Alle von Immobilienmaklern. Bis auf einen Brief, der an Mr. H. Mackegg adressiert war. Sie hatte sich oft gefragt, wie der alte Mann wohl hieß. Wofür mochte das H. stehen? Es mußte ein altmodischer Name sein. Henry? Horace? Harold?

Sie klopfte an seine Wohnzimmertür. Keine Antwort.

Sie trat zur Tür des Zimmers daneben und versuchte es dort. Wieder nichts.

Vielleicht war er weggegangen. Vielleicht war er schlimm gestürzt. Ihre Mutter hatte ihr von alten Leuten erzählt, die lediglich über einen Teppich gestolpert waren und dann stundenlang hilflos auf dem Boden gelegen hatten, bis jemand gekommen war. Manche waren sogar gestorben, weil niemand rechtzeitig nach ihnen geschaut hatte.

«Hallo?» rief sie in den schmalen Flur neben der Treppe hinein.

Sie versuchte, in dem düsteren Schweigen etwas zu erkennen.

«Mr. Mackegg?» Zwei Schritte in den Tunnel hinein. «Ist alles in Ordnung? Ich bin es – Janey Morris von oben. Ich habe einen Brief für Sie. Hal-lo-o!» Noch einmal drei Schritte weiter in die Dunkelheit hinein.

Plötzlich öffnete sich die Tür. Fast hätte Janey der Schlag getroffen.

Ihre Hand zitterte, als sie ihm den Brief gab. Hinter ihm roch es nach gekochtem Kohl.

«Entschuldigen Sie», sagte sie. Sie hatte den Eindruck, daß sie in letzter Zeit nichts anderes tat, als sich zu entschuldigen. «Sie hatten Ihre Post noch nicht geholt – ich hab mir ein bißchen Sorgen gemacht, weil – es hätte ja sein können...» Sie sehen so alt und klapprig aus, da hätte es ja sein können, daß Sie wie ein Maikäfer auf dem Rücken liegen und jemand brauchen, der Ihnen aufhilft?

Der alte Mann begann ganz unerwartet zu lachen. «So wacklig bin ich auch wieder nicht auf meinen Stelzen», sagte er. «Jedenfalls noch nicht.»

Sie lächelte. «Ich habe gerade einen Job bekommen», erzählte sie, weil ihr sonst nichts einfiel, was sie hätte sagen können. «Ist das nicht schlimm? Ich bin noch nicht mal sechzehn und muß samstags arbeiten.»

«Ich bin von meinem vierzehnten Geburtstag an nicht mehr in die Schule gegangen», sagte der alte Mann. «Eigentlich hätte das mein letzter Tag sein sollen, aber ich bin schon nicht mehr hingegangen.»

«Tatsächlich? Mit vierzehn?»

«Die Zeiten waren anders, Mädchen. Es war Krieg. Nicht der letzte Krieg. Der richtige Krieg. Der große Krieg.»

«Sie meinen den ersten Weltkrieg?»

«Genau den. Im März 1917 bin ich aus der Schule gekommen. Da hatten wir seit zwei Jahren und acht Monaten Krieg.»

«Soweit zurück können Sie sich noch erinnern?»

Er schien ein Stück größer zu werden, so als ließe Würde wachsen. «Und ob ich das kann. Meinen ersten Job bekam ich bei der AEC – Acetylene Equipment Company in Clapham. Sie machten Tanks und Lichter aus Azetylen für Autos und Lastwagen. Und

Sachen für die Marine. Ich war in der Schreinerei. Hobelspäne in Säcke schaufeln und die Kisten zusammenzimmern für die Tanks. Ich und ein paar andere Burschen. Ich erinnere mich noch ganz genau daran – als sei es gestern gewesen.»

«Das ist faszinierend.»

«Ja?»

«Ja. Ich finde es zumindest faszinierend.»

«Ich könnte dir das eine oder andere erzählen. Über die Zeit, als ich in Indien war – in der Armee. Ich war nicht älter als du, als ich dazukam. Natürlich hab ich geschwindelt, was mein Alter betraf.»

«Sie waren im Krieg?»

«Nein, nicht im ersten. Aber im zweiten. Ich hab mich für die Marine gemeldet – als Kanonier. Mußte allerdings auf meinen Streifen verzichten. Aber es hieß entweder das oder in Schottland ein Kriegsgefangenenlager bewachen oder auf den Orkneys in einer Offiziersmesse arbeiten.»

«Wie war es – im Krieg?»

«Aufregend. Die beste Zeit meines Lebens. Die beste Zeit im Leben eines Mannes – wenn er zurückkommt. Wenn er in einem Stück und heil zurückkommt.»

«Ich würde gern mehr darüber hören.»

Janey hörte Stimmen vor der Haustür. Sie drehte sich um. Durch die bunten Glasfenster in der Tür erkannte sie ihre Eltern. Die Tür ging auf. Ritchie kam mit einer Schachtel unterm Arm hereingestürmt.

«Hallo», rief Janey. «Ich bin hier hinten.»

«Janey, was tust du da?» fragte die Mutter.

«Ich unterhalte mich mit Mr. Mackegg.»

Die Mutter stand am Fuß der Treppe. «Du kommst jetzt mit uns nach oben», sagte sie.

«Okay.» Janey schaute den alten Mann an. Er hatte sich in sein Zimmer zurückgezogen wie eine Schildkröte sich in ihren Panzer zurückzieht. «Kann ich später noch mal runterkommen, damit wir weiterreden können?»

«Janey!» rief der Vater. «Komm jetzt.»

Mr. Mackegg schloß ohne ein weiteres Wort die Tür.

Janey ging mit ihren Eltern nach oben. Ritchie lag bereits im Wohnzimmer auf dem Boden. Aus dem Karton schaute ein großes grünes Monster-Ding. «Guck mal, was ich bekommen hab.»

«Janey, was hast du dir eigentlich dabei gedacht?» fragte die Mutter.

«Ich hab doch nur...»

«Du sollst ihm nicht auf die Pelle rücken.»

«Bin ich doch gar nicht. Ich hab doch nur...»

«Alte Menschen sind sehr... – Also, ich will nicht, daß du runtergehst und ihm auf die Nerven fällst. Das hab ich dir aber schon mal gesagt.»

«Bei der Post war ein Brief für ihn. Ich hab ihn ihm gebracht, dann haben wir ein bißchen geredet.»

«Er kann doch bestimmt die paar Schritte zum Briefkasten machen und seine Post selber holen. Laß ihm seine Ruhe.»

«Ich hab doch nur...»

«Du gehst mir jedenfalls nicht mehr runter. Er hat es nicht nötig, daß du ihn adoptierst.»

Janey öffnete den Mund.

«Ende der Vorstellung», sagte der Vater.

Ritchies grünes Ungeheuer konnte die Beine und den Kopf bewegen und hatte eine Falltür im Bauch. Der Vater kauerte sich auf den Boden und half Ritchie, Batterien in den grünen Körper einzulegen. Wenn das Monster aufrecht stand und man auf einen bestimmten Knopf in seinem Nacken drückte, leuchteten seine Augen, und es stieß ein metallisches Röhren aus.

Die Mutter warf dem Vater einen ätzenden Blick zu. «Das hat uns gerade noch gefehlt.»

Der Vater zog entschuldigend die Nase kraus und stand auf.

«Ich habe einen Job gefunden», sagte Janey.

«Herzlichen Glückwunsch», meinte der Vater. «Wenn alles klappt, haben wir auch ein Haus gefunden.»

6. Kapitel

Am Sonntag langweilte sich Janey derartig, daß sie etwas tat, was sie noch nie zuvor getan hatte: Sie las die farbige Sonntagsbeilage der Zeitung. Dabei lag sie lang ausgestreckt auf dem Wohnzimmerteppich, ein Hindernis, über das ihre Eltern ständig steigen mußten. Gegen Mittag verschwand ihre Mutter, um den Wagen zu waschen. Der Vater saß im Lehnstuhl und versuchte sich am Kreuzworträtsel.

Er tippte Janey mit dem Fuß an. «Hör dir das mal an», sagte er. « ‹Allerliebst oder das Gegenteil von abfeige›. Sieben Buchstaben. A, nichts, M, nichts, nichts, ni –»

«Anmutig», sagte Janey, ohne aufzuschauen.

«Wie hast du denn das rausgekriegt?»

«War doch ganz einfach. Das Gegenteil von ab ist an, und das Gegenteil von feige ist mutig.»

Er strich die Zeitung auf seinen Knien glatt. «Freut mich, daß du es für ganz einfach hältst.»

«Wir können ja nicht alle doof sein.»

«Was macht sechshundert dividiert durch null Komma zwei?»

«Hör auf, du weißt genau, daß ich das nicht kann.»

«Also auch doof.»

Sie sah zu ihm hoch. «Ich bin gestern ins Kino eingeladen worden.» Schweigen. Zusatz: «Von einem Jungen.»

Der Vater schaute sie mit leicht hochgezogenen Augenbrauen an. Nicht direkt geschockt, aber milde überrascht.

«Sag was», forderte sie ihn auf.

«Ich wollte noch Einzelheiten abwarten.»

Sie erzählte, was geschehen war.

«Du mußt ihm gefallen haben», sagte der Vater. «Das ist doch sehr ermutigend, oder? Du mäkelst ständig an deinem Aussehen herum, hältst dich für komisch, und da kommt dieser Typ und lädt dich ein. Er wird wohl kaum gedacht haben, daß du komisch aussiehst.»

«Wahrscheinlich nicht. Von dieser Seite hab ich die Sache noch gar nicht gesehen. Hätte ich deiner Ansicht nach ja sagen sollen?»

Der Vater dachte einen Augenblick lang nach. «Nicht unbedingt.»

«Das dachte ich auch.»

«Hat er dir denn gefallen?»

«Ich weiß nicht recht. Er sieht ganz okay aus. Aber man kann doch nicht einfach mit jemandem ins Kino gehen, den man gar nicht kennt. Oder?»

«Wohl besser nicht.»

«Aber er arbeitet in der Buchhandlung, und ich kaufe ständig Bücher... also...»

«Also?»

Janey zuckte mit den Schultern. «Ich könnte mal hallo sagen. Wenn er sich für Bücher interessiert, kann man sich vielleicht ganz gut mit ihm unterhalten.»

«Möglich.»

Sie runzelte die Stirn. «Sehr hilfreich bist du nicht.»

«Was sollte ich denn deiner Ansicht nach sagen?»

«Ich weiß auch nicht. Irgendwas Väterliches. Etwas, das ein Vater normalerweise zu seiner Tochter sagt, nachdem sie zum erstenmal von einem Jungen ins Kino eingeladen wurde.»

Er beugte sich vor. «Etwas in der Richtung: Du bist noch zu jung, um mit einem Jungen auszugehen. Meinst du das?»

«Ich bin nicht zu jung.»

«Hab ich ja auch nicht gesagt.»

«Hast du doch.»

Er lachte. «Janey, wenn du mit ihm ins Kino gehen willst, dann geh. Mein einziger Rat ist der, daß du dich ein paarmal mit ihm auf neutralem Boden triffst. Lern ihn ein bißchen näher kennen, dann kannst du entscheiden, ob er jemand ist, mit dem du allein sein willst. Arrangiere etwas, bei dem ihr zu mehreren seid. Wenn du in der Schule eine Freundin hast, die auch einen Freund hat, könnt ihr zu viert etwas unternehmen. Das ist unverfänglich und sicher.»

«Du meinst, ich soll ihm etwas vorschlagen?»

«Warum nicht?»

«Ich wüßte nicht, wie ich mich da verhalten sollte. Was wäre zum Beispiel, wenn der Abend in die Hose ginge? Das wäre dann meine Schuld. Oder wenn ich feststelle, daß er doch nicht mein Typ ist, er mich aber wiedersehen will? Das wäre doch höchst peinlich. Nein, das kann ich nicht.»

«Probleme über Probleme.»

«Eigentlich», sagte Janey und stand auf, «will ich mich gar nicht mit Jungs einlassen. Das gibt immer Komplikationen, und ich bin zu faul. Ich gehe jetzt raus und helfe Mutter. Frische Luft wird mir guttun.»

Ihre Mutter gehörte zu den Leuten, die nicht herumsitzen und nichts tun können. Sie putzte mit fanatischem Eifer an dem Wagen herum. Ein Sonntag ohne nützliche Aktivitäten war für die Mutter wie ein großes Baby, das ihr alle Energie entzog. Nichtstun strengte sie an, und an einem ereignislosen Sonntagnachmittag kam es oft vor, daß sie sich ins Bett schlich, um ihre Langeweile zu verschlafen.

Janey und ihre Mutter hatten sehr wenig Gemeinsamkeiten. Janey hatte sich oft gefragt, ob sie der Mutter nicht von irgendwelchen Außerirdischen untergeschoben worden war. Sie war so ganz anders als beide Elternteile. Manchmal lag sie im Bett und fantasierte vor sich hin, daß sie nicht nur in der falschen Familie, sondern auf dem falschen Planeten gelandet war. Sie gehörte irgendwo hin, wo zartgebaute Mädchen mit schmalem, traurigem Gesicht Begeisterungsstürme auslösten – auf einen Planeten, wo Leute, die gute Sportler waren, im Schlaf erdrosselt und in Bergwerksschächte geworfen wurden.

Sie lehnte sich an die Motorhaube, während die Mutter die Chromteile bearbeitete. «Warum willst du nicht, daß ich mit Mr. Mackegg rede?»

«Weil er keinen Augenblick mehr Ruhe hätte, wenn ich es dir erlauben würde.»

«Er hat sich gefreut, daß er mit mir reden konnte. Er hat mir von seiner Jugend erzählt. Er war in Indien.»

«Hör zu, Janey, alte Menschen können sehr – sie können sehr leicht abhängig werden. Verstehst du, was ich meine? Vor allem einsame alte Menschen. Und ich kenne dich, Janey. Du wärst ständig nur bei ihm unten, würdest für ihn einkaufen und kochen und ihn bemuttern, und in zwei, drei Monaten wärst du dann nicht mehr da. Was glaubst du, wie er sich dann fühlen würde? Alten Menschen muß man erlauben, soweit als möglich selbständig zu bleiben, andernfalls kann es leicht sein, daß sie hilflos werden. Offensichtlich lebt er ganz zufrieden – so, wie er jetzt lebt. Er braucht niemanden wie dich, die bei ihm aus und ein geht und alles auf den Kopf stellt.»

«Wenn man dich so reden hört, würde kein Mensch auf den Gedanken kommen, daß du Sozialpädagogin bist.»

«Gerade weil ich Sozialpädagogin bin, rede ich so. Ich weiß zum Beispiel, daß er Essen auf Rädern bekommt und daß einmal pro Woche jemand zum Putzen kommt.»

«Deshalb kann er sich doch trotzdem noch freuen, wenn er jemandem zum Reden hat.» Janey zupfte an einem Stück Gummi, das sich vom Scheibenwischer gelöst hatte. «Nur zum Reden. Er hat sich gefreut, daß er mir aus seiner Jugend erzählen konnte. Ich weiß genau, daß er sich gefreut hat.»

«Also, gut. Wenn ich ihn das nächstemal sehe, werde ich hören, was er sagt. Aber eines mußt du mir versprechen – versprechen! –: daß du nicht anfängst, dich nützlich zu machen.»

«Ich verstehe nicht, was daran so schlimm sein soll.»

«Schlimm wird es, wenn wir ausziehen, und er dann wieder in seinen alten Trott zurückfällt. Glaub mir, Janey, ich weiß, wovon ich rede.»

«Aber du fragst ihn, ob es okay ist, wenn ich ab und zu runtergehe und guten Tag sage?»

«Hab ich doch gesagt. Oder?»

Poppy fand Janey in der Mittagspause im Klassenzimmer. Janey war in ein Buch vertieft. Poppy fragte, ob sie mitkommen wolle zur Jungenschule. Sie wollten mit ihrem Bruder und dessen Freunden ein bißchen quatschen. Janey schüttelte nur ungeduldig den Kopf. Sie schaute nicht einmal auf.

Jetzt hab ich es geschafft, schoß es ihr durch den Kopf. Die fragen mich nie mehr. In ein paar Tagen stehe ich mutterseelenallein da, wie Aylyne Manor. Janey, das seltsame Mädchen, das nicht mitmachen will. Zu nichts nütze. Am besten, du läßt sie in Frieden.

«Janey!»

Sie schaute hoch. Es war Pearl.

«Bist du sie endlich losgeworden?»

«Wen?»

«Die Schafe. Du hast dich endlich losgeeist.»

«Sie gehen runter zu St. Antony. Ich weiß nicht, was ich da soll.»

Pearl setzte sich auf die Tischkante. Janey versuchte weiterzulesen, doch Pearl legte die Hand über die Buchseite.

«Hast du inzwischen ein paar Bilder von mir gemalt?»

«Noch nicht.» Janey war sich nicht sicher, wie Pearl reagieren würde, wenn sie wüßte, daß sie in einer Nikolaus-Geschichte vorkam. Außerdem hatte sie ohnehin beschlossen, nicht mehr weiterzumachen damit.

«Hast du Lust, nach der Schule mit zu mir zu kommen?»

Janey wußte nicht, was sie darauf antworten sollte, doch Pearl muß das aufsteigende 'Nein' hinter ihrer Stirn gesehen haben.

«Vergiß es. Wenn du nicht willst...»

«Das ist es nicht... Es ist wegen meinem Bruder. Er kommt kurz nach mir nach Hause. Er erwartet, daß ich da bin. Wenn er allein zu Hause ist, macht er ständig irgendwelchen Blödsinn. Vor zwei Wochen stand die Fritierpfanne in Flammen. Ich mußte ein Handtuch darüber werfen, sonst wär die ganze Bude abgebrannt. Die Küche war schon voller Rauch. Er wollte ein paar Würstchen braten und hat sie dann vergessen. Sowas passiert ihm ständig.»

«Wie alt ist er?»

«Neun.»

«Da sollte er eigentlich auf sich selber aufpassen können.»

«Das denkt er auch, aber das ist ja gerade das Problem. Komm doch du mit zu mir – das heißt, wenn du willst. Im Augenblick wohnen wir praktisch noch zur Untermiete, aber meine Eltern haben jetzt ein Haus in der Trebourne Avenue gefunden, das sie kaufen wollen, wenn es klappt. Kennst du die Gegend?»

«Kaum.» Pearl schaute sie offen an. «Hast du das ernst gemeint, daß ich zu dir kommen soll?»

«Natürlich.»

«Okay, dann komme ich. Ich hole mir jetzt was zu essen. Kommst du mit?»

«Nein, ich hab meine Hirnie-Brote dabei.»

Pearl lachte, warf sich die Tasche über die Schulter und überließ Janey wieder ihrer Lektüre.

Doch Janey konnte sich nicht mehr konzentrieren. Pearls Gesicht tauchte immer wieder auf der Seite auf, Pearls blasses Gesicht mit Haaren wie ein Albino-Igel und dem blaugelben Augen-Make-up. Warum habe ich das getan? Warum habe ich sie zu uns eingeladen? Man hat mich gewarnt, man hat mir alles über sie erzählt. Was, um alles in der Welt, hat mich dazu gebracht, sie einzuladen? Ich muß verrückt sein.

7. Kapitel

«Hast du was dagegen, wenn ich rauche?»

Janey reichte Pearl eine Tasse Kaffee. «Ich nicht, aber meine Mutter. Sie ist allergisch gegen Zigarettenrauch. Also, ich bin mir nicht sicher, ob sie tatsächlich allergisch ist, aber sie ist militante Nichtraucherin. Und in einem verräucherten Zimmer fangen ihre Augen wirklich sofort an zu brennen und zu tränen. Sie hat sogar im Wagen einen ‹NO SMOKING›-Aufkleber. Macht es dir sehr viel aus, wenn du nicht rauchen kannst?»

Pearl steckte die Packung wieder in ihre Tasche. «Du verbrauchst eine ganze Menge Wörter, bis der Tag um ist.»

«Bitte?»

Pearl lächelte und lehnte sich auf der Couch zurück. «Du hättest einfach nur nein sagen brauchen. Nein hätte genügt. Aber du mußt immer sofort alles erklären. Wie heute morgen, als ich dich gefragt habe, ob du mit zu mir kommst. Du hättest nur nein sagen brauchen. Nein, ich mag nicht. Statt dessen hast du mir Geschichten über deinen Bruder erzählt. Sagst du nie einfach nur nein, ohne Erklärung?»

Janey saß auf einem Stuhl bei dem kleinen quadratischen Fenster. Von der anderen Straßenseite schauten ebensolche Fenster ohne Leben aus Backsteinmauern zu ihr herüber.

«Ich glaube, ich stelle gern klar, warum ich Sachen mache oder auch nicht mache. Auch für mich selber. Spontane Entscheidungen mag ich nicht. Mir ist es lieber, wenn ich für jede Entscheidung, die ich treffe, einen guten Grund habe.»

«Du tust es schon wieder», sagte Pearl. «Du solltest spontaner werden. Du denkst zuviel über alles nach. Denkst du nie ‹zum Teufel damit› und tust etwas, einfach nur, weil es Spaß macht?»

«Ich neige dazu, bei allem mein Gehirn einzuschalten.»

«Du überlastest es.»

«Möglich.»

Pearl schüttelte den Kopf. «Mit dir kann man sich einfach nicht streiten. Du scheinst eine Menge Zeit damit zu verbringen, anderen Leuten zu gefallen. Besonders ehrlich ist das nicht, oder? Du hättest sagen können: Ich mag nicht mit zu dir kommen, weil alle mich gewarnt haben, daß man dir nicht trauen kann. Das war doch der wahre Grund. Stimmt's? Sie haben dir geraten, dich nicht mit mir einzulassen. Aber weil du nicht mit zu mir kommen wolltest, hattest du ein so schlechtes Gewissen, daß du nicht anders konntest, als mich zu dir einzuladen. Was noch schlimmer ist, wenn man mir nicht trauen kann.»

«Ich mach mir gern selber ein Bild über die Leute», sagte Janey.

«Dann bin ich also noch in der Probezeit?»

Das kam der Wahrheit ein bißchen zu nah. «Quatsch», sagte Janey. Das Problematische an der Sache war, daß sie Pearl mochte. Sie hatte sie von Anfang an instinktiv gemocht und fragte sich, weshalb.

Weil Pearl so vollkommen anders war als sie? Pearl ließ Lehrer warten, sie scherte sich nicht darum, was die Leute von ihr dachten, sie rauchte und klaute, sie trug auffallendes Make-up und schaute ihre Gegenüber direkt an, wenn sie mit ihnen sprach. Sie tat all die Dinge, die Janey gern getan hätte, von denen sie jedoch wußte, daß sie vollkommen gegen ihre Natur waren.

«Nimmst du Drogen?» fragte Janey.

«Wenn sie es sagen.»

«Ich hab mir überlegt, daß ich die Heldin einer Geschichte, für die ich gerade ein paar Bilder zeichne, so aussehen lassen könnte wie dich», sagte Janey unvermittelt, da sie merkte, daß Pearl nicht die Absicht hatte, mit ja oder nein auf ihre Frage zu antworten. «Ich mache sie zusammen mit einer Freundin. Sie schreibt den Text, ich zeichne die Bilder.»

«Kann die Figur, die so aussieht wie ich, nicht der Bösewicht sein? Die Heldin kann meinetwegen so aussehen wie Anthea Coles.»

«Aber die Bösewichte verlieren am Ende immer.»

«Das macht nichts. Ihr könntet euch eine schöne Todesszene für die Anti-Heldin ausdenken.»

«Wo sie bereut.»

«Oh, nein! Sie darf nicht bereuen. Ich jedenfalls würde nicht bereuen. Ich würde in einer Wolke von Boshaftigkeit dahinfahren. Ich wäre die Art von Bösewicht, die mit letzter Kraft auf den Knopf drückt und das Haus der Heldin in die Luft jagt. Mach so jemanden aus der Anti-Heldin – eine, die durch und durch eklig ist. Ohne Reue bis zum bitteren Ende.»

«Aber sie würde sterben. Du würdest sterben.»

«Gut.»

«Das ist nicht dein Ernst.»

«Und ob das mein Ernst ist. Soll ich dir mal sagen, was ich am liebsten machen würde? Am liebsten würde ich Söldner werden – in irgendein Land gehen und dort helfen, die Regierung zu stürzen. Und ich würde gern in einer Maschinengewehrsalve sterben. Von Kugeln durchlöchert. Das wäre der richtige Abgang.»

«Ein reichlich schwacher Abgang.»

«Da magst du recht haben.» Pearl beugte sich vor. «Ich könnte jemand sehr Berühmtes umbringen. Genau, das mach ich, ich erschieße jemand und werde von der Polizei abgesägt. Das kommt in allen Zeitungen. Wie der Typ, der John Lennon erschossen hat – wie hieß er gleich wieder?»

«Ich weiß nicht mehr.»

«Ich auch nicht. Dann nehmen wir den Mann, der Kennedy erschossen hat. Lee Harvey Oswald. Den Namen kennt jeder. Pearl Silvera, die Frau, die – wen erschossen hat? Wen soll ich erschießen?»

«Ich finde die Idee mit dem Erschießen – egal wen – nicht sonderlich toll», sagte Janey. «Wenn du schon sterben mußt, kannst du doch auch bei einer Heldentat sterben. Du stößt ein Kind gerade noch rechtzeitig vom Gleis, bevor der Schnellzug vorbeidonnert, schaffst es selbst aber nicht mehr und wirst überrollt. Oder du rettest eine Menge Leute aus Seenot – nach einem Schiffsunglück – und ertrinkst dabei. Das heißt, wenn du am Ende wirklich sterben mußt. Wenn Totsein so wichtig ist.»

«Oh ja», meinte Pearl mit einer Ernsthaftigkeit, die Janey an die Nieren ging. «Das Totsein am Ende ist absolut lebenswichtig.»

Die Haustür fiel krachend ins Schloß, und eine Herde Elefanten kam die Treppe heraufgepoltert.

«Janey! Janee-eey!»

«Hier.»

Ein völlig aufgelöster Ritchie stürmte ins Wohnzimmer, keuchend, mit schmutzigen Kleidern und rotgeschwollenen Augen. «Sie haben mir mein Geld geklaut. Und die Schultasche. Sie haben reingepinkelt und sie über eine Mauer geworfen.»

«Ritchie!» Sie lief zu ihm und wollte ihn in den Arm nehmen, doch er wehrte mit beiden Händen ab.

«Wer hat das getan?» fragte sie. «Wer?»

«Ein paar Jungen. Große Jungen im Park. Schnell, vielleicht kriegen wir sie noch. Vielleicht sind sie noch da.»

«Was für Jungen?»

«Ich weiß es nicht. Woher soll ich sie denn kennen?» Er zitterte am ganzen Körper.

«Wo waren sie? Erzähl mir ganz genau, was passiert ist.»

«Ich zeig's dir! Ich zeig's dir!»

Der kürzeste Weg von Ritchies Schule nach Hause führte durch den Lindon Park. Die Schule, ein niedriger Gebäudekomplex aus Beton und Glas, grenzte direkt an den Park, doch die beiden Grundstücke waren durch einen hohen Stacheldrahtzaun voneinander getrennt. Um in den Park zu gelangen, mußte man zuerst ein Stück am Zaun entlang und durch eine schmale Gasse gehen. Am hinteren Ende der Gasse hatten die Jungen ihm aufgelauert. Sie hatten ihm die Taschen umgedreht und ihm das bißchen Geld, das er bei sich hatte, abgeknöpft, und einer hatte ihm was aufs Auge gegeben, als er seine Schultasche nicht loslassen wollte.

Sie hatten ihn herumgeschubst und ein paar Knöpfe an seinem Hemd abgerissen, und während er versucht hatte, sich vor weiteren Schlägen zu schützen, hatte einer seine Schultasche geöffnet, den Reißverschluß seiner Hose aufgemacht und über Ritchies Schulsachen gepinkelt. Dann waren die Jungen davongelaufen. Die Tasche hatten sie einfach über eine Mauer geworfen. Sie waren nicht davongelaufen, weil sie Angst hatten; sie waren davongelaufen, als hätten sie gerade ein super Erlebnis gehabt, lachend und johlend.

«Würdest du sie wiedererkennen?» fragte Janey.

Während Janey noch überlegte, was sie machen sollte, kletterte Pearl geschickt auf die Mauer und sprang auf der anderen Seite wieder hinunter. «Ich hol die Tasche.»

«Ich denke schon...»

«Was hatten sie denn an?»

«Einfach Jeans und sowas.»

«Wieviele waren es?»

«Fünf.»

«Fünf. Bist du sicher?»

Ritchie nickte. In Wirklichkeit waren es nur zwei gewesen.

«Haben sie irgendwas gesagt? Haben sie sich mit Namen angesprochen?»

«Nein.»

«Sie haben überhaupt nicht geredet?»

«Als sie weggerannt sind, hat einer von ihnen gerufen: ‹Die Kenton-Mädchen kommen. Wir grabschen ihnen an die Titten› – das hat einer gesagt.»

Janey hatte eine Stinkwut. «Wenn wir sie jetzt suchen – würdest du sie wiedererkennen?»

Ritchie wollte sie nicht suchen. Er wollte seine Tasche wiederhaben und nach Hause gehen.

«Ich weiß nicht.»

«Komm, Ritchie, es war taghell. Du mußt doch wissen, wie sie ausgesehen haben.»

Weil ihm nichts Besseres einfiel, begann Ritchie zu weinen. Janey nahm ihn in den Arm.

Mit einem Triumphschrei erschien Pearls Kopf über der Mauer. Einen Augenblick später flog Ritchies Tasche in hohem Bogen durch die Luft und landete ein Stück neben Janey und Ritchie auf dem Kiesweg.

Pearl schwang sich über die Mauer. Ritchie befreite sich aus Janeys Umarmung und wischte sich mit dem Ärmel übers Gesicht. Wenn Janey ihn weinen sah, machte ihm das nichts aus, aber ein fremdes Mädchen sollte ihn nicht so sehen.

Mit spitzen Fingern hob Janey die Schultasche auf. Sie war schwarz vor Feuchtigkeit. Hineinschauen wollte sie lieber nicht.

«Das nächste Mal trittst du ihnen gegen das Schienbein oder in die Eier», sagte Pearl. «Und dann rennst du wie der Teufel.»

«Das hätte ich ja gemacht», sagte Ritchie. «Aber sie waren zu fünf.»

«Zu fünft», verbesserte Janey automatisch. «Komm, wir gehen nach Hause.»

Pearl ging mit ihnen. «Wollen wir sie nicht suchen?»

«Weshalb? Was könnten wir denn machen, wenn wir sie gefunden haben?»

«Sein Geld zurückholen.»

«Von fünf solcher Typen?»

«Ich hab mein Messer dabei.»

Janey erwiderte nichts darauf.

«Wieviel Geld war es?» fragte Pearl.

«Fünfzig Cents.»

«Damit kommen sie nicht weit», meinte Pearl. «Jetzt paß mal auf – ich werd mich hier mal umschauen. Ich kenne die Gegend besser als ihr. Ich werd mal schauen, ob ich die Typen noch irgendwo erwische. Fünf waren es, sagst du?»

«Ja.»

«Okay.» Pearl hängte sich ihre Tasche über die Schulter. «Falls ich was rauskriege, komm ich noch mal bei euch vorbei. Sonst sehen wir uns morgen.»

«Wir sagen lieber nichts», meinte Ritchie. Er saß auf der Couch und gabelte Bohnen von dem Teller auf seinem Schoß auf. Janey nähte zwei Knöpfe an sein Hemd.

«Wie stellst du dir das vor? Wie willst du ihnen denn dein blaues Auge erklären? Und das mit der Tasche?» Ritchie hatte sich geweigert, beim Säubern seiner Schultasche mitzuhelfen. Janey hatte es wohl oder übel allein machen müssen. Zum Glück hatten die Bücher nicht allzuviel abbekommen, und mit angehaltenem Atem und spitzen Fingern hatte sie es geschafft, die eklige Feuchtigkeit auf den Buchdeckeln und Heften mit Haushaltspapier aufzusaugen. Anschließend hatte sie die Tasche unter die Dusche gehalten. Jetzt lag sie zum Trocknen vor dem elektrischen Heizlüfter in ihrem Zimmer.

«Ich will aber nicht, daß du was sagst.»

«Wir müssen.»

«Aber wenn sie rauskriegen, daß ich sie verraten hab, verprügeln sie mich vielleicht.» Ritchie schaute sie verzweifelt an. «Außerdem kann ich mich nicht mehr erinnern, wie sie ausgesehen haben. Was hat es also für einen Sinn?»

«Es sind schließlich Kriminelle – Diebe.»

«Es waren doch nur fünfzig Cents.»

«Das nächste Mal nehmen sie sich vielleicht eine alte Frau vor. Und dann?»

«Das erfahr ich ja nicht.»

«Also ist es in Ordnung, was?»

Ritchie leckte die letzten Bohnen vom Teller. «Ich sage, daß ich gestolpert bin und mir das blaue Auge beim Hinfallen geholt hab. Ich sage, es war ein Unfall. Das mit den Büchern und so hast du wieder hingekriegt, ja? Und die fünfzig Cents sind mir egal. Sag es ihnen nicht, Janey, bitte. Du kannst alles haben, was du willst.»

«Vergiß es», sagte Janey.

Sie biß den Faden, mit dem sie den zweiten Knopf angenäht hatte, ab und warf Ritchie das Hemd zu. «Fertig?» Sie nahm ihm den Teller vom Schoß und trug ihn in die Küche.

Als sie in der Küche abwusch, stand er unter der Tür mit einem Ausdruck, als wetze sie das Messer, um ihm die Kehle durchzuschneiden.

Genervt schaute sie ihn an. «Also gut! Also gut, ich sage nichts. Aber wenn du sie noch mal siehst...»

Den Rest wartete er gar nicht erst ab. Sein Gesicht war ein einziges Leuchten, als er sich umdrehte und in sein Zimmer rannte.

Die Türglocke läutete. Janey trocknete die Hände ab und ging nach unten.

Es war Pearl. Sie grinste und hielt zwischen Daumen und Zeigefinger ein Fünfzig-Cent-Stück hoch.

«Du hast sie gefunden?»

«Klar.»

«Wie?»

«Ich hab dir doch gesagt, daß ich mich hier auskenne. Ich weiß, wo solche Typen rumhängen. Die fünf waren immer noch zusammen, da war es nicht schwierig, sie zu erkennen. Ich bin hingegangen und hab gesagt, dein kleiner Bruder sei ein Freund von Andy Rylands kleinem Bruder und wenn sie das Geld nicht rausrücken, sag ich es Andy Ryland, und dann gibt's was auf die Rübe.»

«Wer ist Andy Ryland?»

«Ein Verrückter. Ein Fall für die Anstalt bei uns in der Nachbarschaft. Sie haben das Geld sofort rausgerückt. So einfach ist das.»

«Komm rein.»

«Nein. Ich gehe jetzt besser nach Hause. Bis morgen dann. Und sag deinem Bruder, daß er keine Angst mehr zu haben braucht.»

Janey ging wieder nach oben. Sie war beeindruckt. Nein, mehr als beeindruckt: aus der Fassung gebracht. Da war auf der einen Seite sie, die vorgehabt hatte (ursprünglich), alles dem Vater zu erzählen, der die Polizei eingeschaltet hätte, die das übliche unternommen hätte, um die Kerle ausfindig zu machen, allerdings ohne große Hoffnung, sie je tatsächlich zu finden. Und auf der anderen Seite war da Pearl, Pearl mit den langen Fingern, der man nicht trauen konnte, dreist und trotzig, die nach nicht mal einer Stunde mit dem Geld in der Hand vor der Tür stand.

Sie öffnete die Tür zu Ritchies Zimmer. «Hier ist dein Geld», sagte sie und warf die Münze aufs Bett. «Pearl hat sie aufgestöbert und es ihnen wieder abgenommen.»

Ritchie starrte sie an. «Sie hat sie gefunden ... echt?»

«Ja. Sie waren immer noch zusammen – alle fünf. Aber du sagst trotzdem jemand Bescheid, falls du sie noch mal siehst oder falls sie noch mal was von dir wollen, okay?»

Eine halbe Stunde später kam der Vater die Treppe heraufgelaufen. Er faßte Janey um die Taille und tanzte mit ihr durchs Wohnzimmer.

«Va-ter!»

«Wir haben es geschafft!» sagte er. «Wir kriegen das Haus. Wir ziehen um. In Null Komma nichts sind wir hier raus. Hab ich's nicht gesagt?»

Janey hängte sich ihm an den Hals, und er schwenkte sie herum. Sie lachten beide.

Ritchie kam herein und wurde mit durchs Zimmer gezogen.

«In Null Komma nichts sind wir hier raus, in... Liebe Güte, was ist mit deinem Gesicht passiert?»

«Ich bin gestürzt», sagte Ritchie. Er hatte es so oft geprobt, daß er es fast selbst glaubte.

Janey setzte sich, während der Vater Ritchies geschwollenes Auge untersuchte.

«Wir werden eine Augenbinde für dich organisieren müssen», meinte er, «wie ein Pirat. Was haltet ihr davon, wenn wir alle zum Essen gehen, sobald eure Mutter nach Hause kommt? Das muß doch gefeiert werden.»

«McDonald's?» fragte Ritchie hoffnungsvoll.

«Nein, richtiges Essen – in einem Restaurant. Ein Restaurant mit Kellnern im Frack und Champagner, alles, was dazugehört. Alles, was dein kleines Herz begehrt.»

«Gibt es in dem Restaurant Hamburger?» wollte Ritchie wissen. «Und Pommes?»

«Ihr seid so herrlich experimentierfreudig», meinte der Vater. «Ich biete euch an, in ein richtiges Restaurant zu gehen, und alles, was ihr wollt, sind Pommes.»

«Wirf mich nicht mit ihm in einen Topf», sagte Janey. «Ich will keine Pommes.»

«Sind wir bis Weihnachten hier raus?» fragte Ritchie.

«Ja – vielleicht – vielleicht sogar schon bis Weihnachten.»

An diesem Abend lag Janey satt und ein bißchen beschwipst von zwei Gläsern Sekt im Bett und begann bereits mit dem Countdown für den Umzug. Zwei bis drei Monate, hatten die Eltern gesagt. Das bedeutete also Ende November oder spätestens Mitte Dezember.

Noch vor Weihnachten würden sie in ihrem neuen Haus sein. Sie würden Platz haben für einen großen Weihnachtsbaum. Es würde ein Badezimmer geben, einen Garten, ein...

Die Tür zu ihrem Zimmer öffnete sich einen Spaltbreit. Eine Schrecksekunde lang glaubte sie, ihr Alptraum von dem verrückten alten Mann, der sich mitten in der Nacht in ihr Zimmer schleicht, sei Wirklichkeit geworden. Dann fiel ihr ein, daß der alte Mann Mr. Mackegg war und kein bißchen verrückt. Und dann hörte sie Ritchies Stimme.

«Janey? Schläfst du schon?»

«Nein.»

Ritchie kam hereingeschlichen, und sie knipste das Licht an. «Was gibt's?» fragte sie.

«Ich will dir was sagen.»

«Hat das nicht Zeit?»

«Nein.»

Er stand neben ihrem Bett. «Hast du Bauchschmerzen?» fragte sie. «Würde mich nicht wundern nach den beiden großen Portionen Pommes und dem noch größeren Bananen-Split, die du verdrückt hast.»

«Ich hab dich angeschwindelt.»

Sie setzte sich auf. «Wann?»

«Als ich das von den fünf Jungen von heute mittag gesagt hab.»

Sie schaute ihn fragend an.

«Sie waren gar nicht zu fünf. Es waren nur zwei. Aber sie waren groß und stark.»

«Warum hast du gesagt, sie seien zu fünft gewesen?»

«Weiß ich nicht.»

«Hast du gedacht, ich halte dich für einen Feigling, wenn du sagst, daß es nur zwei waren?»

«Hm. Ich glaube... Ich hätte machen sollen, was sie gesagt hat. Sie treten. Sie hätte es getan, ganz bestimmt. Sie hätte sie getreten.»

«Wahrscheinlich, aber das heißt ja nicht, daß du es auch hättest tun sollen, nicht, wenn sie größer waren. Vielleicht wären sie dir nachgerannt und hätten dich vertrimmt, wenn du sie getreten hättest.»

«Das nächste Mal trete ich sie. Ganz feste.»

«Wenn du meinst, daß das eine so gute Idee ist. An deiner Stelle würde ich es mir aber noch mal überlegen.»

«Ich geh jetzt wieder ins Bett.» An der Tür schaute er noch einmal zurück. «Beim nächsten Mal trete ich sie.»

Janey knipste das Licht aus und rutschte unter die Bettdecke.

Doch einschlafen konnte sie nicht.

Sie war sich ziemlich sicher, daß Ritchie jetzt die Wahrheit gesagt hatte. Im Lügen war er nie gut gewesen – zumindest nicht ihr gegenüber. Anderen tischte er die verrücktesten Geschichten auf, aber ihr mußte er am Ende immer die Wahrheit sagen. Warum das so war, wußte sie nicht. Aber es war immer so gewesen. Als ob sie sein Beichtvater wäre. Er konnte vor den Eltern das Blaue vom Himmel herunterlügen, jeden anderen konnte er anlügen, daß sich die Balken bogen, aber irgendwann kam er immer zu ihr und rückte mit der Wahrheit heraus. Für sie war das oft gar nicht so einfach, vor allem, wenn er die Eltern angelogen hatte. Er machte sie mit seinem Geständnis zu seiner Verbündeten, und das gefiel ihr oft absolut nicht.

Aber wenn Ritchie jetzt die Wahrheit gesagt hatte, woher hatte Pearl dann die fünfzig Cents? Nicht von den fünf Jungen, die sie angeblich gefunden hatte, denn die gab es nicht. Wo war das Geld hergekommen, und weshalb hatte Pearl behauptet, sie hätte es den Typen abgeknöpft?

Sie knipste das Licht wieder an und starrte an die Decke. In ihrem Kopf jagten sich die Gedanken.

Vielleicht hatte Pearl nur helfen wollen, freundlich sein wollen. Vielleicht war es ihr eigenes Geld. Oder hatte sie es von jemand anderem gestohlen, von einem anderen kleinen Jungen? Vielleicht versuchte sie auf diese Art, sich Janeys Vertrauen zu erschleichen? Vielleicht war sie doch all das, was die anderen von ihr behauptet hatten?

In dieser Nacht schlief Janey sehr schlecht.

8. Kapitel

Ein höchst eigenartiger Traum. Sie saßen im alten Wohnzimmer in Richmond, auf der Couch mit Blumenmuster in dem runden Erker. Pearl war da – und Belinda. In dem Traum sprachen sie darüber, wie schwierig es für Hühner sein muß, Eier zu legen. Nur daß sie, obwohl sie ständig von Eiern sprachen, in Wirklichkeit Trauben meinten. Die Unterhaltung wurde in vollem Ernst geführt und klang ganz vernünftig. Janey versuchte zu erklären, woher es kam, daß die Trauben alle an einem Stiel hingen. Pearl sagte ständig ‹Nein, das stimmt überhaupt nicht›, und Belinda lachte. Schließlich sagte Janey: ‹Ich werd's euch beweisen› und kauerte sich auf den Teppich, um ein paar Trauben zu legen, damit sie sahen, wie es gemacht wurde.

Sie erwachte zu den Klängen ihres Radioweckers.

Janey hatte vorgehabt, Pearl zur Rede zu stellen und herauszufinden, woher Ritchies fünfzig Cents nun wirklich gekommen waren. Doch Pearl erschien nicht zum Anwesenheits-Check.

In der ersten Pause regnete es, und das Klassenzimmer war voller Lärm. Janey versuchte die Ohren zuzuklappen und zu lesen, doch sie konnte die Unterhaltung neben sich nicht ausschließen.

Poppy saß auf dem Tisch neben ihrem. «... und der Typ am Schalter sagte, er würde mir eine Jahresfreikarte für die Bahn schenken, wenn ich mit ihm ins Bett gehen würde.»

«Wie hast du reagiert?» fragte Cilla, ganz gespannte Erwartung und große Augen.

«Er sah ein bißchen angeschimmelt aus, deshalb hab ich nein gesagt.»

«Soll das heißen, daß du es vielleicht getan hättest, wenn er anders ausgesehen hätte?» fragte Rae.

Janey war beeindruckt von der Dreistigkeit, mit der Rae solche Fragen stellte.

«Vielleicht», meinte Poppy leichthin.

«Du bist unmöglich.»

«Ich hab's ja nicht getan, also bin ich auch nicht unmöglich.»

Anthea wedelte mit der Hand vor Janeys Gesicht herum. «Kommst du zu meiner Party? Ich hab alle eingeladen, und die andern kommen alle.»

Janey schaute auf. «Wann ist sie?»

«Samstag. Du mußt kommen, und du mußt einen Jungen mitbringen. Entweder das, oder du hast irgendeinen Heini am Hals, den sonst keine will. Du mußt kommen – alle müssen kommen.»

«Ich kenne keine Jungen», sagte Janey.

«Was? Überhaupt keine?»

«Ich kenne meinen Bruder – er ist ein Junge.»

«Wie alt?»

«Neun.»

Anthea schnalzte mit der Zunge und entließ Janey mit einer Handbewegung. «Du bist jedenfalls eingeladen, und wenn du niemand mitbringst, landest du bei jemand wie Ian Wade, und das wird dir dann leid tun.»

Die anderen lachten. Ian Wade gehörte offenbar zu den Typen, die man auf Parties notorisch mied. Janey machte sich nicht die Mühe, Genaueres über ihn zu erfahren. Sie hatte ohnehin schon so gut wie entschieden, daß sie nicht hingehen würde.

In der großen Pause machte sich Janey in der ganzen Schule auf die Suche nach Pearl. Sie hatte schon aufgegeben und war auf dem Weg zurück zum Hauptgebäude, als Pearl durchs Tor geschlendert kam. Sie blieb stehen, bis Pearl bei ihr war.

«Wie geht es deinem Bruder? Was macht sein Auge?»

«Alles in Ordnung.» Es bringt nichts, um den heißen Brei herumzureden, dachte Janey. «Woher hast du die fünfzig Cents, die du gestern noch vorbeigebracht hast?»

«Hab ich dir doch gesagt.»

«Spar dir die Lügen», sagte Janey.

Pearl schaute sie an und überlegte offenbar, was sie sagen sollte. «Wie kommst du darauf, daß ich dich anlüge?»

«Weil er gar nicht von fünf Jungen angegriffen wurde. Gestern nacht hat er mir gestanden, daß es nur zwei waren.»

«Tatsächlich?» Pearl lachte.

«Findest du das komisch?»

«Ja, das find ich wirklich komisch.»

«Woher hast du das Geld?»

«Ich hab es nirgendwo her. Es gehörte mir.»

«Warum?»

«Warum es mir gehörte?»

«Nein, warum hast du behauptet, es käme von den Jungs, die es Ritchie abgeknöpft hatten?»

Pearl lächelte und ließ dabei die Lücke zwischen ihren Schneidezähnen sehen. «Es war aber eine gute Story, gib's zu. Du hast sie mir abgenommen. Stimmt's?»

«Natürlich.»

Pearl zog ihre Tasche auf die Schulter. «Na also.»

«Na also – was?»

Pearl zuckte mit den Achseln.

Janey schaute sie mit zusammengekniffenen Augen an. «Ich wollte, daß wir Freundinnen sind», sagte sie.

Pearl schnaubte verächtlich. «Trotz allem? Was sollte ich denn sein – deine gute Tat? Wolltest du mich rehabilitieren? Mich vor mir selber retten? Ach, laß mich in Frieden, Janey. Laß mich in Frieden und geh wieder zu deinen gackernden Hühnern.»

«Was ist denn los mit dir?»

«Nichts.» Pearl drehte sich um, marschierte über den Parkplatz zum Tor und verließ das Schulgelände.

Es war Janeys erster Abend im Zeitungskiosk.

Sie mochte Mr. Dawn nicht. Er hatte einen dicken Bauch und graue Haare. Erwachsenen Kunden gegenüber war er äußerst liebenswürdig, doch er war der festen Überzeugung, daß es Gesetze geben müßte, die Kindern und Jugendlichen das Betreten von Geschäften untersagen. An der Tür hing sogar ein handgeschriebener

Zettel, auf dem stand: ‹Eintritt nur für max. zwei Schüler gleichzeitig.› Er sprach Janey nur an, um ihr irgendwelche Anweisungen zu geben, und die Tatsache, daß er sie aus den Augenwinkeln heraus ständig beobachtete, ließ bei ihr den Eindruck entstehen, als warte er nur darauf, daß sie einen Schokoriegel in ihrer Tasche verschwinden ließ, ohne dafür zu bezahlen.

Er hält alle jungen Leute erst mal grundsätzlich für schuldig, bis ihre Unschuld erwiesen ist, dachte Janey.

«Halt die Augen offen», sagte er. «Sie machen heute alle lange Finger. Du darfst ihnen keine Sekunde lang den Rücken zudrehen.»

Sie nickte oder schüttelte den Kopf an den passenden Stellen und sagte nichts.

Beim Nachhausegehen fühlte sie sich völlig erschlagen. Hinter einem Tresen zu stehen – und sei es auch nur für eine Stunde – hatte etwas an sich, das ihren Rücken, die Beine und Füße schmerzen ließ. Wenn sie an den Samstag dachte, wurde ihr angst und bange. Wie sie einen ganzen Tag überstehen sollte, wußte sie nicht.

Vielleicht brauche ich das Geld doch nicht so dringend, dachte sie, als sie die Haustür aufschloß. Auf der Matte lag eine dicke Papiertüte. An einer Seite hielt ein Klebestreifen sie zusammen. ‹Janey Morris› stand darauf. Janey öffnete sie, während sie nach oben ging.

Drinnen war ein Taschenbuch: ‹Die professionelle Illustration›.

Sie blätterte darin herum. Es enthielt die unterschiedlichsten Illustrationen – alles, von Charlie Brown bis hin zu komplizierten Schnittzeichnungen von Automotoren – mit Tips und Anleitungen. Ihr erster Gedanke war, daß ihr Vater es vielleicht für sie gekauft hatte und es ihm beim Aufschließen der Tür aus der Hand gerutscht war. Aber normalerweise kam der Vater erst eine halbe Stunde nach ihr nach Hause. Ritchie? Nein, der konnte auch noch nicht daheim sein, er besuchte nach dem Unterricht noch irgendeinen freiwilligen Kurs. Außerdem käme er nicht einmal im Traum auf den Gedanken, ihr ein Buch zu kaufen.

Sie schlug die erste Seite auf. Da stand mit rotem Kugelschreiber: ‹Tut mir leid. Pearl.›

Sie saß eine ganze Weile am Fußende ihres Bettes, das Buch fest in beiden Händen.

Die Papiertüte trug keine Aufschrift außer ihrem Namen – keine Adresse einer Buchhandlung, was eine Bestätigung dafür gewesen wäre, daß Pearl das Buch auch bezahlt hatte, daß sie tatsächlich in einen Laden gegangen war und Bares über den Tresen geschoben hatte. Janey wurde die Vorstellung nicht los, daß Pearl es gestohlen hatte. Auf der Rückseite des Buches war ein kleiner Aufkleber: Buchhandlung Bücherwurm.

Pearl war leicht wiederzuerkennen. Die Buchhandlung schloß erst um halb sieben. Wenn sie sich sofort auf den Weg machte, wenn sie sofort hinging... Oder wäre es besser, einfach anzunehmen, daß Pearl wirklich für das Buch bezahlt hatte? Aber was, wenn sie doch nicht...?

Janey versteckte das Buch unter ihrem Kopfkissen.

Der Junge mit den großen Augen stand an der Kasse. Simon. Janey bemühte sich nach Kräften, ihn zu ignorieren – nicht wirklich zu ignorieren, sondern ihn zu behandeln, wie sie jeden x-beliebigen Angestellten an einer Ladenkasse behandelt hätte. Es war nicht einfach, weil sie wußte, daß er sie beobachtete, wie sie anscheinend planlos in den vollgestopften Regalen stöberte. Sie hatte kein Geld, um etwas zu kaufen, und sie zermarterte sich das Gehirn, wie sie ein Gespräch anfangen könnte, in dessen Verlauf sie ganz nebenbei fragen könnte, ob am Nachmittag ein weißblondes Mädchen mit auffallendem Augen-Make-up in der Buchhandlung gewesen sei.

Nach ungefähr zehn Minuten rief Simon zu ihr herüber: «Wenn wir es nicht da haben, können wir es jederzeit für dich bestellen.»

«Bitte?»

«Suchst du was Spezielles?»

Janey überlegte rasch, welches der Bücher, das sie schon seit einiger Zeit hatte kaufen wollen, sie hier noch nicht gesehen hatte. « ‹Der Glockenbecher› von Sylvia Plath.»

«Haben wir das nicht hier?» Er schaute in einem Drehständer nach und kauerte sich dann hin, um im Wandregal unter P zu suchen. «Du hast recht. Wir haben es nicht.» Er erhob sich. «Aber wir können es bestellen.»

«Wie lang dauert es?»

«Warte mal, was haben wir heute? Dienstag. Es sollte nächsten Montag da sein, wenn ich es gleich morgen früh bestelle. Reicht das noch?»

«Ja, das genügt.» Sie folgte ihm zum Tresen.

Er zog einen Notizblock aus einer Schublade. «Name und Adresse?»

«Wozu brauchst du meine Adresse?»

«Für den Computer. Keine Angst, es passiert nichts Schlimmes damit. Wenn jemand ein Buch bei uns bestellt, lassen wir uns immer Namen und Adresse geben. Das ist ganz normal.» Er lächelte. «Außerdem würde ich auch so gern wissen, wo du wohnst, damit ich dir ein Ständchen bringen und unter deinem Zimmerfenster mit einer Rose zwischen den Zähnen zur Laute singen kann.»

«Wie kannst du mit einer Rose zwischen den Zähnen zur Laute singen?»

Er legte den Kopf zur Seite. «Gute Frage. Weißt du –» er beugte sich über den Tresen und senkte die Stimme «– normalerweise bin ich nicht so. Ich bin noch nie in meinem Leben hinter einem Mädchen hergelaufen, um sie ins Kino einzuladen. Ich bin nämlich unglaublich schüchtern, ehrlich, aber du siehst einfach so... so nett aus. Du siehst clever und interessant aus. Bist du absolut sicher, daß du nie mit mir ins Kino gehen kannst? Ich bin ausgesprochen gut erzogen. Ganz ehrlich.»

«Wie sehe ich clever aus?»

«Bitte?»

«Was habe ich getan, um clever auszusehen? Du hast mich erst zweimal gesehen. Und außerdem: was heißt überhaupt clever?»

«Ich weiß auch nicht. Aber das Aussehen der Leute sagt doch etwas darüber aus, wie sie sind. Meinst du nicht auch? Ich hab dich gesehen, und mein erster Gedanke war: Jede Wette, mit der kann man sich gut unterhalten. Und ich hatte recht. Das kann man.»

«Das ist lächerlich.»

«Warum?»

«Weil – weil man vom Aussehen eben nicht auf den Charakter schließen kann.»

«Nein?»

«Natürlich nicht. Dann müßten alle hübschen Mädchen mit blonden Haaren automatisch blöd sein oder so.»

Er legte eine Hand unters Kinn. «Du hast recht, ich geb's zu. Aber in deinem Fall hatte ich recht.»

«Willst du jetzt meinen Namen und meine Adresse?»

«Ja, bitte.» Er hielt der Kuli schreibbereit. «Wenn ich ganz ehrlich bin», sagte er, ohne sie anzuschauen, «brauche ich deine Adresse nicht für den Computer. Wir haben hier noch gar keinen. Ich wollte nur wissen, wo du wohnst.» Er sah sie von unten herauf an. «Darf ich dich ins Kino einladen?»

«Du bist ziemlich hartnäckig, was?»

Er stützte die Arme auf den Tresen. «Normalerweise gar nicht. Normalerweise bin ich sehr zurückhaltend, aber ich kann einfach den Gedanken nicht ertragen, den ganzen Rest meines Lebens zu verbringen, ohne dich richtig kennengelernt zu haben.»

«Was läuft denn gerade?»

Er richtete sich auf. «Du kommst mit?»

«Das hab ich nicht gesagt. Ich hab nur gefragt, was gerade läuft. Welchen Film willst du dir unbedingt mit mir anschauen?»

Er hob die Hände. «Jeden. Mir ist es egal. Welche Filme gefallen dir?»

«Ich hab's dir doch gesagt. Ich mag Filme allgemein nicht so besonders. Sie sind zu ... zu offensichtlich. Sie lassen nichts mehr übrig für die Phantasie. Deshalb mag ich Bücher lieber.»

«Wie sieht es mit Filmen zu Büchern aus?»

Janey schüttelte heftig den Kopf. «Unmöglich! Ich würde nie, gar nie in einen Film gehen, der ein Buch als Vorlage hat. Ich habe mal einen Film gesehen nach einem Buch von E.M. Forster. Er hat mir das Buch total vermiest. Keiner sah so aus, wie ich es mir vorgestellt hatte, und die Dialoge waren alle ganz anders, und große Teile der Handlung fehlten oder waren verändert worden. Es war die reine Zeitverschwendung.»

«Okay. Kein Film nach einem Buch», sagte Simon. «Ich muß in der Zeitung nachsehen, was läuft. Wenn du mir eure Telefonnummer gibst, kann ich dich anrufen und Bescheid sagen.»

«Wir haben kein Telefon.»

«Oh... du willst mir eure Nummer also nicht sagen – »

«Nein, wir haben tatsächlich kein Telefon.»

Jemand rief aus einem Hinterzimmer: «Simon, in fünf Minuten ist Feierabend.»

«Alles klar», rief Simon zurück. Er schaute Janey an. «Du gehst also mit?»

«Vielleicht.»

«Sag ja.»

«Vielleicht. Aber ich warne dich, ich bin nicht besonders interessant. Wahrscheinlich sage ich den ganzen Abend kein Wort, und dann ärgerst du dich.»

Er schüttelte den Kopf. «Das glaube ich nicht. Wie kann ich dich erreichen?»

«Ich komme wieder hier vorbei, wenn dein Boss nichts dagegen hat.»

«Das geht in Ordnung. Morgen. Ich bringe eine Zeitung mit. Ich werd schon was finden, das dir gefällt. Wann ist es dir am liebsten?»

«Versuch es mal am Samstag», sagte Janey. Wenn sie mit ihm ins Kino ging, war das ein guter Grund, nicht zu Antheas Party zu gehen.

«Okay. Sagst du mir deinen Namen, damit ich das Buch für dich bestellen kann?»

Beim Hinausgehen fragte sie: «War heute ein blondes Mädchen hier – ziemlich sportlich mit kurzen weißblonden Haaren und einem sehr auffälligen Augen-Make-up?»

«Mit einer Lederjacke und einer großen Schultertasche voller Sticker?»

«Ja, genau. Sie war also da? Du erinnerst dich?»

«So jemanden vergißt man nicht so schnell. Ist sie eine Freundin von dir?»

«So ähnlich – ich kenne sie aus der Schule. Sie sagte, daß sie vielleicht hier vorbeikäme und etwas für mich besorgen würde, aber ich habe sie seither nicht mehr gesehen, deshalb frage ich.»

«Sie hat ein Buch über Buchillustrationen gekauft. Ich erinnere mich, weil sie nicht so aussah, als würde sie sich für so etwas interessieren. Dann war es also für dich? Das macht mehr Sinn.»

«Ja, es war für mich.»

Er lächelte. «Da haben wir es – das Aussehen sagt doch einiges.»

«Sie ist sehr intelligent. Im nächsten Jahr hat sie neun A-Examen. Ich hab nur sieben. Es sagt also überhaupt nichts.»

Sie trat hinaus in die milde Abendluft mit einem ganz merkwürdigen Gefühl im Bauch. Nicht nur weil die Lüge bezüglich Pearl absolut sinnlos gewesen war, sondern weil sie das Bedürfnis gehabt hatte zu lügen, das Bedürfnis, Sachen über Pearl zu sagen, die nicht stimmten. Janey war sicher, daß Pearl intelligent war, doch sie zu einem Genie zu machen, war absolut lächerlich.

Später, als Janey im Bett lag, dachte sie mit gemischten Gefühlen an Simon und den Kinobesuch. Sie war bisher nur einmal mit einem Jungen ausgegangen. Einem Deutschen namens Rainer. Er stammte aus Bremen und war als Austauschschüler nach England gekommen. Sie waren zum Abschluß des Sommerhalbjahrs zusammen in der Schuldisco gewesen, noch in ihrer alten Schule in Richmond. Er hatte sie auf seinen Schoß gezogen und die Arme um ihre Taille gelegt, damit sie nicht mehr aufstehen konnte. Schließlich hatte sie ihn überreden können, ihr ein Glas Orangensaft zu holen. Sie hatte ihm versprechen müssen, sich nicht von der Stelle zu rühren. Während er am Getränketisch angestanden hatte, war sie auf die Toilette geflüchtet.

Sie hoffte, daß Simon anders war. Sich den ganzen Abend auf einer Kinotoilette verbarrikadieren zu müssen, war nicht unbedingt ihr Ding.

Teil 2

November

9. Kapitel

Die nächsten Wochen brachten widersprüchliche Erfahrungen für Janey.

Die Reaktionen ihrer Mitschülerinnen auf die Tatsache, daß sie mit Simon ins Kino gegangen war anstatt zu Antheas Party, waren so abartig, daß sie es kaum glauben konnte.

Pearl hatte ihr gesagt: «Du hättest lügen müssen, verstehst du? Du hättest sagen sollen, daß er dich gefragt hat, bevor Anthea dich zu ihrer Party eingeladen hat. Du hättest sagen können, daß dir nicht gleich klar war, daß es dieser Samstag war. Dann wäre alles in Ordnung gewesen.»

«Aber ich lüge nicht gern», hatte Janey gesagt. «Mir ist nicht wohl dabei. Und wo hört man auf, wenn man mal angefangen hat mit lügen?»

«Man hört nicht auf, man wird nur immer besser.»

Anthea hatte Janeys Nichterscheinen als persönliche Beleidigung aufgefaßt. Janey, mehr denn je mit sich selbst beschäftigt, hatte ein paar Tage lang überhaupt nicht bemerkt, daß sie bewußt geschnitten wurde. Anthea wartete auf eine Entschuldigung. Janey war sich nicht bewußt, daß eine fällig war. Erst als sie Poppy, ohne sich etwas dabei zu denken, fragte, ob sie ihr kurz ein Buch leihen könnte, und Poppy nein sagte, wurde ihr klar, was eigentlich lief. In der Zwischenzeit hatte sich die gesamte Clique gegen sie gestellt.

Doch der Grund, weshalb Janey endgültig in Ungnade fiel, war ihre wachsende Freundschaft mit Pearl.

Janey hatte ein schlechtes Gewissen gehabt, weil sie Pearl verdächtigt hatte, das Buch gestohlen zu haben. Sie hatte die Sache mit ihrem Spiegelbild durchdiskutiert, und sie waren beide zu der Überzeugung gelangt, daß sie in die typische Vorurteilsfalle getappt waren. Um es wieder gutzumachen, hatte Janey Pearl eine Kassette mit indischer Musik gekauft.

Pearl hatte das Geschenk die Sprache verschlagen.

«Daß ich die fünfzig Cents von den Typen zurückgeholt habe, hab ich nur gesagt, weil ich vor dir gut dastehen wollte. Ich wollte, daß du mich magst. Die Bande hier» – mit einer vagen Armbewegung hatte sie auf die Schule gezeigt – «kümmert mich nicht. Aber ich wollte, daß du mich magst.»

«Ich mochte dich ohnehin», hatte Janey gesagt.

Aber Janey war sich nicht darüber im klaren gewesen, wie beschwerlich es sein konnte, aktiv nicht gemocht zu werden. Eine zufällige Bemerkung gegenüber Georgie vor dem großen Umschwung – nämlich die, wie sehr sie sich immer ärgerte, wenn ihr Bruder sie ‹Vogelscheuche› nannte – war gegen sie verwendet worden, und sie war sich bewußt, daß sie, auch wenn es ihr nie jemand ins Gesicht sagte, in der ganzen Klasse als Vogelscheuche bekannt war.

Und die Verabredung mit Simon.

Janey war so nervös gewesen, daß sie den ganzen Abend lang kaum ein Wort gesagt hatte. Er hatte sein Bestes getan, um die Verabredung als Erfolg hinzustellen, aber Janey war klar, daß er sich mehr davon erhofft haben mußte. Schließlich hätte er genausogut ein Brett mit ins Kino nehmen können, so steif, stumm und gefühllos war sie gewesen.

Tatsache war, daß Janey die ganze Zeit über auf der Hut gewesen war. Da ihr die Erinnerung an Rainer aus Bremen noch zu frisch im Gedächtnis war, erwartete sie ständig irgendeinen Vorstoß von Simon. Simon spürte ihre Anspannung auf einen Meter Entfernung, hatte jedoch keine Ahnung, was der Grund dafür war.

Als sie in der Woche darauf in die Buchhandlung gekommen war, um das Buch abzuholen, das Simon für sie bestellt hatte, hatte er eine neue Verabredung vorgeschlagen. Janey war so überrascht gewesen, daß sie zugesagt hatte. Es war ihre bislang letzte Verabredung gewesen. Er wollte ihre Hand halten, und sie erlaubte es ihm widerstrebend. Er legte den Arm um ihre Schultern. Sie saß stocksteif da und versuchte, dem Geschehen auf der Leinwand zu folgen, während sie sich vor ihrem geistigen Auge als Burg im Belagerungszustand sah.

Er hatte sie nach Hause gebracht. Der Abschiedskuß glich eher einem Scheingefecht. Simon schloß die Augen. Janey konnte ihn auf die kurze Distanz nur schielend anschauen. Wenn das Sex ist, dachte sie, bleib ich bei meinen Cartoons.

«Ich fand den Abend schön», hatte Simon gesagt.

«Gut.»

«Sehen wir uns wieder?»

«Ja, okay.» Sie hatte angefangen, in ihrer Tasche nach dem Schlüssel zu kramen.

Er war zum Bürgersteig gegangen, hatte innegehalten und war mit einem irritierten Gesichtsausdruck zurückgekommen. «Der Abend war nicht wirklich schön, oder?»

Schuldbewußt hatte sie den Kopf geschüttelt. «Nein, nicht wirklich.»

Er hatte sie mit diesem verwirrten Hundeblick angeschaut. «Ich würde zu gern wissen, warum nicht», hatte er leise gesagt. Nicht direkt zu ihr. Die Frage hatte einfach in der Luft gehangen.

«Ich weiß es nicht.»

Er lächelte niedergeschlagen. «Ich mag dich trotzdem.»

«Ich mag dich auch – aber ich will nicht – ich meine – ich möchte...»

«Du möchtest noch keinen festen Freund?»

Sie schüttelte den Kopf. «Eigentlich nicht.»

«Vielleicht könnten wir trotzdem gelegentlich mal was zusammen machen. Nur einfach so.»

«Ja. Vielleicht.»

Als sie ins Bett gegangen war, war sie sich grausam vorgekommen, und das schlechte Gewissen hatte sie geplagt.

Seither war sie nicht mehr in der Buchhandlung gewesen.

Die Befürchtungen der Mutter bezüglich Janey und Mr. Mackegg hatten sich während der letzten Wochen ebenfalls bewahrheitet. Janey hatte mit Pearls Hilfe seine Fenster abgedichtet. Sie hatten ein spezielles, selbstklebendes Schaumgummiband für die Türen gekauft, damit es nicht mehr zog. Wenigstens behauptete Pearl, sie hätte es gekauft. Janey war sich nicht sicher.

Janey räumte bei Herbert auf und kaufte für ihn ein. Abends brachte sie ihm eine Zeitung mit.

Am meisten beeindruckt hatte sie seine beiläufige Bemerkung, daß er schon immer die Absicht gehabt habe, seine Memoiren zu schreiben.

«Und warum tust du es dann nicht?» hatte sie gefragt.

Er streckte die Hände aus, um ihr zu zeigen, wie sie zitterten. «Ich kann kaum noch meinen Namen schreiben», sagte er. «Hyperaktive Schilddrüse, was immer das ist.»

Da hatte Janey vorgeschlagen, daß er ihr diktieren solle.

«Der ganze Kram interessiert dich doch nicht.»

«Doch, er interessiert mich, sonst hätte ich es ja nicht angeboten.» Sie hatte einen Schreibblock gekauft.

Und jetzt redete Herbert, während Janey schrieb.

«Halt, halt, so schnell bin ich nicht.»

Herbert lehnte sich in seinem abgewetzten alten Ohrensessel zurück und streckte die behausschuhten Füße aus. «Du mußt ein bißchen Tempo zulegen, Mädchen, ich leb nicht ewig.»

«Wenn ich damit fertig bin, schon», sagte Janey. «Wenn es veröffentlicht ist, kriegt die Staatsbibliothek ein Exemplar – sie haben von jedem Buch, das bei uns veröffentlicht wurde, ein Exemplar. Dann bist du unsterblich.»

Pearl schaute hoch. «Und wenn es gut ist, machen sie vielleicht einen Film daraus.» Sie kniete vor dem Gasofen. Die Deckplatte und die vorderen Teile hatte sie neben sich auf den Teppich gelegt. Jetzt fummelte sie in dem Gerät herum.

«Natürlich wird es gut», sagte Janey. «Okay, ich bin soweit, es kann weitergehen.» Sie lag zusammengeklappt wie ein Taschenmesser auf dem Teppich, die Knie unter dem Kinn, den Schreibblock vor sich. Er war schon halbvoll mit den Erinnerungen des alten Mannes.

«Wo war ich?» fragte Herbert.

«Du hattest gerade deinen Job aufgegeben und wolltest zur Marine.»

«Richtig. Ich hatte einen Kumpel, der ein paar Ecken weiter wohnte – der war bei der Kriegsmarine. Was er da erzählt hat, hat mir gereicht. Da hab ich beschlossen, zur Handelsmarine zu gehen.»

«Das hab ich», sagte Janey.

«Ich hab einen Sehtest gemacht, weil sie wissen wollten, ob ich farbenblind bin, aber weil ich noch keine sechzehn war, mußte mein Vater eine Einwilligung unterschreiben, bevor ich eintreten konnte. Und das hat er nicht gemacht, der alte Schweinepriester. Entschuldige den Ausdruck. Und so saß ich da ohne Job.»

Herbert legte den Kopf auf das Spitzenquadrat an der Kopfstütze seines Sessels. Es war schon ganz speckig. Er hatte Janey erklärt, daß es ein Pomadenschutz sei, damit das Haaröl – Pomade – nicht direkt auf die Rückenlehne kommt. «Gib's auf, bevor du ihn vollends kaputt machst», sagte er zu Pearl und wies mit dem Kinn auf den zerlegten Gasofen.

«Ich mach ihn nicht kaputt, ich weiß, was ich tu», behauptete Pearl. Es gab einen dumpfen Schlag, und sie zog den Schraubenzieher heraus. «Geschafft. Es war nur so ein Ding da drin, das sich gelöst hatte.» Sie begann, die Radiatoren wieder einzusetzen.

«Was hast du dann gemacht?» fragte Janey.

«Ich marschierte nach Brighton. Ich hab gedacht, der Alte will versuchen, mich ans Haus zu binden. Deshalb bin ich nach Brighton marschiert, um es ihm zu zeigen. Zwei Nächte hab ich auf einer Parkbank geschlafen, jawohl. Zurück nach London bin ich mit einer Bahnsteigkarte gekommen. Ich hab sie dem Kontrolleur gegeben und bin gerannt wie der Teufel. Sie haben mich nicht gekriegt.»

«Du bist ja kriminell», sagte Pearl.

«Damals war alles noch ganz anders.»

«Hast du dann beschlossen, zur Armee zu gehen?»

«Genau. Ich bin zu einer Musterungsstelle gegangen, aber ich hab gemerkt, daß sie mir mein Alter nicht so richtig abgenommen haben – ich war knapp über sechzehn, hab aber gesagt, ich wär' siebzehn und elf Monate. Das war vielleicht ein Schock für meinen Alten, als mein Einberufungsbescheid kam. Das war – 1920. Ich hab mich für die Artillerie gemeldet und kam auf die Insel Wight. Eine herrliche Zeit. Da war ein Mädchen, sie hieß Freda, und sie hat mich immer zum Tee zu sich nach Hause eingeladen. Ihren Vater hab ich nie getroffen; er war Kapitän auf einem Fischerboot. Eine schöne Zeit.» Er seufzte. «Aber jede schöne Zeit hat mal ein Ende.»

«Nicht unbedingt», meinte Pearl und wischte sich die Hände an der Jeans ab. «Nicht jede schöne Zeit, oder?»

«Die Zeit bleibt nicht stehen», sagte Herbert. «Du bist noch jung. Du wirst sehen.»

«Du bist also auf der Insel Wight», nahm Janey den Faden wieder auf.

«Richtig. Und dann haben sie uns nach Malta geschickt. Die britische Armee war damals überall, mußt du wissen – auch im letzten Winkel. Damals waren wir auch noch eine Kolonialmacht. Wir frisch Rekrutierten wurden gebraucht im Austausch für die ganzen Soldaten, die nach Blighty zurückgebracht wurden.»

«Warum hat man England Blighty genannt?» wollte Pearl wissen.

«Keine Ahnung. Das hieß einfach so.»

«Unterbrich nicht dauernd», sagte Janey.

«Ich erzähl euch jetzt was.» Herbert beugte sich vor. «Im Zug von Portsmouth nach Liverpool haben wir überall auf der Strecke Soldaten aufgelesen. Und da war dieser Deserteur – man hat ihn gesucht wegen Mord, glaub ich. Toplis hieß er. An jeder Station, wo wir angehalten haben, hat irgend so ein Spinner gebrüllt: «Ich kenn dich, du bist Toplis.» Wir hatten eine Menge Spaß.

«Percy Toplis?» fragte Janey.

«Ich weiß nicht, wie er mit Vornamen geheißen hat. Sie haben nur immer gerufen: «Du bist Toplis.»

«Es gibt ein Buch über ihn. Er war wirklich berühmt.»

«Sowas. Ich hab nie erfahren, was aus ihm geworden ist.»

«Er wurde erschossen», sagte Janey.

«Tatsächlich? Ja, ja. Ich nehm an, er hat's verdient.»

«Erzähl weiter, Bert. Malta.»

«Richtig. Wir landeten im Hafen von Marsamacetta – stationiert waren wir in Port Tigne. Wegen meiner Erfahrungen konnte ich mich spezialisieren, was für einen Burschen in meinem Alter recht ungewöhnlich war. Ich wurde Protzenschütze – meine Kanone war immer picobello sauber. Dafür hab ich einen Sixpence extra gekriegt – jeden Tag einen Sixpence. Vom alten Geld.»

«War das viel damals?» fragte Pearl.

«Das war viel, ja. Und einmal war ich der Telefonist vom Dienst im Wachzimmer, als die Nachricht kam, daß die Brandenburg auf dem Weg wäre und welche von uns mit nach Indien nehmen würde.»

«Indien», sagte Pearl und drückte den Ofenschirm an seinen Platz. «Das großmächtige Indien. Hast du auch Tiger geschossen?»

«Nein. Unsereiner kam nicht zur Tigerjagd. Das war nur für Offiziere.»

«Elendes Pack.»

«Tigerjagd ist was Furchtbares», sagte Janey.

«Ja, heute», sagte Pearl. «Aber damals nicht. Du kannst nicht irgend etwas aus der Vergangenheit verdammen, nur weil es heute nicht mehr akzeptabel ist.»

«Natürlich kann man das. Wie ist es zum Beispiel mit der Sklaverei?»

«Ja, wie ist es damit?»

Janey runzelte die Stirn, doch Pearl schob den Daumennagel zwischen die Schneidezähne und grinste bloß.

Sich über Pearl zu ärgern, war zwecklos, das wußte Janey, vor allem, wenn sie bewußt provozierte.

«Auf der Brandenburg war ein Bataillon von Gordon Highlanders», erzählte Herbert. «Und man hat uns gesagt, daß wir die Ärzte darauf aufmerksam machen sollen, daß sie 37 Syphillis-Fälle an Bord hatten. Das war damals noch eine schlimme Sache – nicht wie heute. Heutzutage ist das wie eine Grippe mit der ganzen modernen Medizin.»

«Hast du's auch mal gehabt, Bert?» fragte Pearl.

Herbert legte den Finger auf den Mund und nickte in Richtung Janey.

Janey setzte sich auf und strich sich das Haar aus dem Gesicht. «Natürlich hast du's nicht gehabt, oder?»

«Natürlich hab ich's nicht gehabt», erwiderte Herbert und lächelte. «Chanak», fuhr er fort, «sie kamen von Chanak. Sie hatten Mitglieder der russischen Zarenfamilie an Bord. Die waren auf der Flucht vor den Bolschewiken. Sie haben sie nach Alexandria gebracht. Die haben ganz schön Glück gehabt, daß sie so davongekommen sind, die Halunken, wenn man bedenkt, was in Rußland alles los war.»

«Bist du Monarchist, Bert?» fragte Pearl.

«Ich war einer. Jetzt nicht mehr. Jetzt sind sie doch bloß noch Hampelmänner. Das ist nicht mehr das, was es früher mal war. Ich erinnere mich noch, wie der König im Radio gesprochen hat und uns gesagt hat, daß er abdankt. Das war nur Baldwins Schuld. Der konnte es einfach nicht ertragen, daß ein Amerikaner zur königlichen Familie gehören sollte. Was anderes war es nicht, wenn du mich fragst. Er war überall beliebt, der alte Prinz von Wales, Edward der Achte. Wozu haben sie ihn gemacht, Herzog von Windsor, oder was?»

«Keine Ahnung», sagte Janey. «In Geschichte bin ich nicht sonderlich gut.»

«Geschichte?» echote Herbert. «Das ist doch keine Geschichte.»

«Hast du mal Zündhölzer, damit ich den Ofen anschmeißen kann?» fragte Pearl.

«Auf dem Kaminsims. Vorsicht beim Anzünden, das macht wumm.»

Pearl strich ein Zündholz an. Das Gas entzündete sich mit einem lauten Zischen. Pearl sprang einen Schritt zurück.

«Hab ich's nicht gesagt», meinte Herbert.

«Jedenfalls dürften die Radiatoren jetzt nicht mehr nach vorn kippen, wenn sie heiß werden», sagte Pearl. Sie grinste Herbert an. «Ganz schön nützlich, wenn man sich so nützlich machen kann, was?»

«Du hast doch nichts mit dem Gas angestellt?» fragte Herbert.

«Doch. Das Ding hat jetzt ein kleines Leck. In einer halben Stunde ist das ganze Haus voller Gas. Wenn du das nächste Mal ein Zündholz anbrennst, fliegst du durchs Dach.»

«Hast du mal auf die Uhr geschaut?» fragte Janey.

«Oh, Gott», sagte Pearl, «wir sollten besser verschwinden.»

Janey rappelte sich auf. «Kann ich den Block hier liegenlassen, Bert? Wir wollen nämlich gleich weg.»

«Laß ruhig liegen, Mädchen. Den rührt keiner an.»

«Können wir noch was für dich tun, bevor wir gehen?»

«Nein, alles bestens jetzt, wo Blondie den Ofen in Ordnung gebracht hat.»

Pearl hatte etwas mit ihrem Haar gemacht, so daß es jetzt weicher aussah, wie weiße Federn. Janey hatte immer noch ihre hennarote Löwenmähne. Herbert meinte, wenn sie nebeneinander stünden, sähen sie aus wie Feuer und Eis.

«Wir bleiben nicht lang», sagte Pearl. «Wenn wir zu lang bleiben, macht sie uns verrückt.»

Pearl hatte Janey gefragt, ob sie nicht mitkommen wollte, wenn sie ihre Mutter besuchte. Diese Besuche fanden einmal im Monat statt, und Pearl freute sich nicht darauf – abgesehen von der Tatsache, daß sie die Taschen voller Geld hatte, wenn sie die Wohnung der Mutter wieder verließ. Blutsgeld, wie Pearl es nannte. Der Versuch, es wiedergutzumachen, daß sie sich davongemacht hatte, als Pearl gerade eben fünf Jahre alt war.

Falls die Mutter im Land war, fuhr Pearl einmal im Monat mit dem Bus in den Teil von London, in dem sie wohnte, und kam mit mehr Geld zurück, als ihr Vater ihr in einem halben Jahr geben konnte.

«Kann ich dich mal was fragen?» sagte Janey.

«Nur zu, ich bin nicht zu schocken.»

«Wie ist deine Mutter so?»

«Das wirst du schon sehen. Sie ist nicht zu beschreiben.»

«Warum ist sie damals weggegangen?»

Pearl riß die Augen auf. «Geld», hauchte sie.

Janey schaute sie irritiert an.

«Sie hat sich einen reichen, aufstrebenden Freund gesucht. Er hat sie gefragt, ob sie mit ihm gehen würde. Und sie tat es. Es machte Sinn. Mit dem Schmarotzer von Mann, denn sie hatte, hätte sie es nie zu was gebracht. Sie hat eine Möglichkeit gesehen, da rauszukommen, und sie hat sie ergriffen.»

«Aber du warst doch auch noch da.»

«Ach, ich war schrecklich. Sie haßte mich. Sie haßt Kinder. Soweit ich weiß, hat sie mich gekriegt, weil sie katholisch erzogen wurde und nicht abtreiben wollte. Mich gibt's nur wegen der Religion, nicht wegen Liebe oder weil man mich gewollt hätte. Ich war allerdings auch nicht liebenswert. Ich war die reinste Plage.» Pearl grinste. «Das bin ich immer noch, nur daß ich jetzt größer bin.»

«Bist du nicht. Es gefällt dir nur, wenn die Leute dich dafür halten.»

Pearls Mutter wohnte in Blackheath in einem riesigen Apartment mit Blick auf die Heide. Als Pearl von einer Mietwohnung gesprochen hatte, hatte sich Janey ein enges, schlecht geschnittenes Apartment vorgestellt wie in dem Haus, in dem sie wohnten, oder eine trostlose Sozialwohnung wie die von Pearl und ihrem Vater ganz oben in einem schwankenden Hochhaus. Doch die Wohnung von Pearls Mutter war so geräumig wie ein ganzes Haus. Der Flur war größer als Janeys Zimmer, und wenn man das Badezimmer betrat, war es noch eine halbe Weltreise bis zur Kloschüssel.

Die Ausstattung war makellos und zeugte von einem höchst eigenwilligen Geschmack. Grau, schwarz und weiß. Geld überschwemmte die Fußböden, spritzte über wunderschöne moderne Möbel und die in gedeckten Farben gehaltenen Drucke (ein bewußtes Understatement), die die Wände schmückten. ‹Schmücken› war das Wort, das Janey spontan dazu einfiel. Drucke schmückten die Wände, und Pearls Mutter schmückte alles andere.

Sie war groß und schlank und braungebrannt. Sie war soeben von einer Konferenz in Guatemala zurückgekehrt. In drei Tagen würde sie nach Hong Kong unterwegs sein. Ihr Mann führte irgendwelche Verhandlungen in New York.

«Ich kriege in letzter Zeit kaum noch einen Fuß auf die Erde», erzählte sie. «Die Wohnung hier kostet uns ein Vermögen, und wir nutzen sie kaum. Aber es ist schön, irgendwo ein Plätzchen zu haben, zu dem man zurückkommen kann. Pearl, bitte faß das nicht an. Es ist ein antikes Stück aus Japan. Anschauen kannst du es, aber mehr nicht. Es ist hübsch, nicht wahr?»

«Wozu ist es?»

«Es ist für gar nichts. Nur zur Zierde. Ich habe es letztes Jahr aus Tokio mitgebracht. Pearl – bitte – stell es hin.»

«Da ist ja nichts drin. Was für einen Sinn hat ein Kästchen mit nichts drin?»

«Es ist zum Anschauen.»

Pearl schnitt eine Grimasse und knallte das kleine schwarze Kästchen zurück aufs Regal. Janey sah, wie die Mundwinkel ihrer Mutter zuckten. Sie merkte, daß sich hinter der äußeren Ruhe, die Pearls Mutter ihrer Tochter gegenüber an den Tag legte, etwas entschieden weniger Ruhiges verbarg. Janey merkte es an ihren Augen, an der Art, wie sie Pearl ständig beobachtete, falls diese etwas tat, was die geleckte Perfektion ihres Wohnzimmer durcheinanderbrachte.

Pearls Mutter ging hinaus, um Milch zu holen.

«Was denkst du?» fragte Pearl.

«Ich denke, du übertreibst es.»

Pearl grinste. «Ich jage ihr einen Heidenschreck ein. Ich nehme an, sie glaubt nicht wirklich, daß sie etwas wie mich geboren haben kann. Ich bin der letzte Rest Chaos in ihrem Leben. Ich meine – schau dich doch um. Das sieht hier doch aus wie ein Ausstellungsraum in einem dieser sündhaft teuren Möbelgeschäfte. Es sieht nicht aus, als würde ein lebendiger Mensch hier wohnen.»

«Mir gefällt es.»

«Es ist tot.»

«Du solltest nicht so abfällig über den Geschmack anderer Leute reden.»

«Warum nicht?»

Pearls Mutter kam zurück, bevor Janey Gelegenheit hatte, sich eine Antwort darauf zu überlegen.

Janey empfand es ausgesprochen schade, daß Mutter und Tochter sich gegenübersaßen und vollkommen unfähig waren, miteinander zu kommunizieren. Es war, als durchzögen Gräben und Stacheldraht und Minenfelder den silbergrauen Teppichboden zwischen ihnen. Sie betrachtete Pearl, die sich fast waagrecht in ihrem Sessel lümmelte und die Kaffeetasse auf dem Bauch balancierte. Auf einem Stuhl an dem schwarzen Holztischchen saß die Mutter und versuchte vergebens, Konversation zu machen. Nichts von dem, was sie sagte, gelangte über das Minenfeld.

Als sie gingen, sah Janey, wie wortlos Geld von einer Hand in die andere wanderte. Pearl steckte das Geld in die Tasche und trat hinaus auf die Straße.

«Jetzt hab ich einen Monat Ruhe, bevor ich mir das wieder antun muß», sagte Pearl.

«Warum magst du sie nicht?»

«Machst du Witze?»

«Ich kann mir nicht vorstellen, wie das ist, seine Mutter nicht zu lieben.»

«Liebe!» schnaubte Pearl verächtlich.

«Ja», sagte Janey, «Liebe. Weshalb macht dir das soviel Kopfzerbrechen?»

«Tut es ja gar nicht.»

«Tut es doch. Ist es, weil deine Mutter dich im Stich gelassen hat?»

«Versuch nicht, mich zu therapieren, Janey. Das funktioniert nämlich nicht.»

Sie warteten schweigend an der Bushaltestelle.

«Ich finde, sie ist ganz in Ordnung», sagte Janey nach einer langen Pause.

«Ich nehme an, du hast recht. Ich nehme an, ich bin nur eifersüchtig, daß sie im Luxus schwelgt und auf der Sonnenseite des Lebens lebt, während ich auf der Schattenseite stehe. Das kotzt mich an. Wenn bloß...»

«Wenn bloß was?»

«Wenn bloß der Bus endlich käme und ich zu Hause wäre. Ich friere mir hier was ab.»

«Das wolltest du eben nicht sagen. Warum kannst du nicht ein bißchen offener sein?»

«Noch offener? Ich bin dir gegenüber schon ehrlicher als zu jedem anderen, den ich kenne. Himmel noch mal, was willst du eigentlich noch von mir? Willst du mir direkt ins Hirn kriechen?»

Janey zuckte mit den Schultern. «Ja.»

Pearl lachte. «Bitteschön. Mir macht es nichts aus. Aber du wirst keinen anderen Grund finden, weshalb ich mich so und nicht anders verhalte, als den, daß ich tue, wonach mir gerade ist. Wenn es den Leuten zusagt, schön; wenn nicht, ihr Pech. Ich kümmere mich nicht darum, was andere Leute von mir denken, genausowenig wie es sie kümmert, was ich von ihnen denke. Nur Leute wie du machen sich permanent Gedanken über die Meinung anderer Leute.»

«Wenn das nur wahr wäre. Es kümmert dich nämlich sehr wohl, was andere von dir denken. Du verstellst dich, damit sie glauben sollen, du seist irgendeine ausgeflippte Type, der große Rebell.»

«Ach, halt die Klappe, Janey.»

«Hab ich deinen wunden Punkt getroffen?»

«Vogelscheuche!»

«Das haut nicht hin. Es ist mir egal, wie du mich nennst. Du hältst dich für so clever, in der Art, wie du dich verstellst, aber du verrätst dich doch ständig.»

«Janey, da kommt der Bus. Wenn du nicht aufhörst, mich zu analysieren, schubse ich dich drunter.»

«Du weißt, daß ich recht habe.»

Pearl packte sie am Mantelkragen. «Hörst du auf?»

Janey lächelte. «Ich hab dich bald, was?»

«Ich beiß dir die Nase ab», sagte Pearl ernst.

Sie schauten sich an und begannen zu lachen. Der Bus hielt, und immer noch lachend stiegen sie ein.

10. Kapitel

Mittwoch nachmittag. Langweilig. Grau. Genug Nieselregen, um einem die Stimmung zu vermiesen, aber nicht genug, um die Lehrer zu veranlassen, das Spiel abzublasen. Schließlich traten sie gegen die Mannschaft einer anderen Schule an. Diejenigen, die nicht auf dem Spielfeld herumgaloppierten, saßen in nassen Haufen am seitlichen Spielfeldrand. Eigentlich sollten sie anfeuern. Janey stand etwas abseits von den andern. Ihr war absolut nicht nach anfeuern.

Das Hockeyfeld war ein Sumpf, und jeder Kontakt von Ball und Stock ließ eine braune Wasserfontäne aufspritzen. Das Schlimmste dabei war, daß Janey aus irgendeinem Grund zur Ersatzspielerin ernannt worden war. Die anderen hatten keine Veranlassung gehabt, sich umzuziehen. Sie hatten sich alle in ihre Mäntel und Anoraks eingemummelt. Janey stand da und fror sich langsam zu Tode. Sie schaute an sich hinunter. Die Haut an ihren Beinen zeigte ein höchst ungewöhnliches Muster in Rot und Weiß. Sie warf einen Blick hinüber zu der kleinen Gruppe asiatischer Mädchen. Sie blieben immer unter sich. Moose Javanda mischte sich als einzige unter die anderen. Die asiatischen Mädchen wurden nicht geächtet – sie wollten unter sich bleiben. Wenn sie ignoriert wurden, ignorierte man sie wenigstens passiv.

Janey wurde bewußt ignoriert. Das war noch mal etwas anderes. Bewußt ignoriert zu werden bedeutete, daß man sie auf dem Flur versehentlich anrempelte, gewöhnlich mit einem sarkastischen ‹Tuuuuut mir leid› als Dreingabe. Es bedeutete, daß ihr niemand ein Lineal, einen Stift oder einen Radiergummi oder ein Buch lieh. Es bedeutete, daß niemand ihr einen Platz freihielt. Es bedeutete, daß man ihr mit nichts aushalf. Janey war sich nie bewußt gewesen, wie oft man sich in der Schule gegenseitig aushalf, bis es für sie plötzlich aufhörte. Sie wurde im Klassenzimmer zur Seite geschubst, so daß ihre sämtlichen Bücher und Hefte auf dem Boden landeten. Keiner half ihr, sie wieder aufzuheben. Sie kam zur nächsten Stunde zu spät und mußte erfahren, daß niemand der Lehrerin erklärt hatte, weshalb.

Die einzige Erleichterung kam mit Pearls unregelmäßigen Unterrichtsbesuchen. Einmal hatte eine ältere Geographielehrerin die beiden auf dem Flur angehalten, hatte Pearl die Hand geschüttelt und gesagt, wie schön es doch sei, wenn ehemalige Schülerinnen wiederkämen, um ihrer alten Schule einen Besuch abzustatten. Sie hatte offenbar keine Ahnung, daß Pearl immer noch auf der Liste stand. «Und so komm ich über die Runden», sagte Pearl.

Wenn Janey mit Pearl zusammen war, hörten die giftigen Bemerkungen auf. Pearl hatte eine Schutzhülle um sich herum, und sobald Janey innerhalb dieser Hülle war, traute sich keiner an sie heran.

Aber an diesem Mittwochnachmittag hatte Pearl sich wieder einmal unsichtbar gemacht.

Janey hatte sich oft und lang gefragt, was Pearl wohl während ihrer Abwesenheit von der Schule mit sich anstellte. Es sah nicht so aus, als hätte sie sonst irgendwelche Freunde.

«Ich gehe in eine Sporthalle», hatte Pearl gesagt. «Ich trainiere.» Sie ließ die Muskeln an einem Arm spielen. «Fühl mal.»

Die Muskeln waren steinhart.

«Box mich in den Bauch», hatte sie Janey aufgefordert. «Es tut nicht weh.»

«Das ist doch blöd.»

Pearl hatte auf Janeys Bauch geklopft. «Hoffnungslos. Du bist ein Weichling.»

«Ich weiß. Hör auf, mich zu hauen. Ich weiß selber, daß ich ein Weichling bin.»

«Du solltest mitkommen. Wenn du fit bist, fühlst du dich viel besser.»

«Ich fühl mich gut, danke.»

«Weichling.»

«Genau.»

Pearl hatte es aufgegeben, und Janey war ein zufriedener Weichling geblieben.

Plötzlich wurde es laut. Janey wandte ihre Aufmerksamkeit dem Geschehen auf dem Spielfeld zu. Irgend etwas war passiert. Ein Mädchen rappelte sich vom Boden hoch. Die Lehrerin half ihr auf die Reservebank.

«Janey! Janey Morris! Komm in die Hufe, Mädchen. Beeil dich, du wirst auf dem Feld gebraucht.»

Die kleine Barbara Kajko hatte sich um einen gegnerischen Hockeystock gewickelt und den Knöchel verstaucht.

Einer der Schiedsrichter machte Janey ungeduldig Zeichen. «Komm, Mädchen, halt das Spiel nicht auf.»

Janey patschte über das Feld. Der Dreck spritzte ihr bis an die Knie.

«Dein Stock, Mädchen!»

Janey rannte zurück und holte einen Hockeystock.

Sie hatte schon gehört, daß gewisse Ereignisse als Alptraum beschrieben worden waren. Es war wie in einem Alptraum. Janey wurde sehr bald klar, wie zutreffend dieser Vergleich war.

Sie lief ziellos herum, kam den anderen in die Quere, rutschte aus und erreichte den Ball doch nie. Irgendwann hoppelte der Ball zufällig in ihre Richtung, und vier oder fünf Mädchen stürzten sich auf sie.

Sie rappelte sich auf, völlig verdreckt. Ihr Schienbein brannte. Poppy hatte ihr gezielt mit dem Stock eins draufgegeben, doch in dem allgemeinen Getümmel hätte es genausogut ein Unfall sein können, wenn Poppy nicht gezischt hätte: «Aus dem Weg, Vogelscheuche!» Natürlich hatte keine der anderen Spielerinnen etwas bemerkt.

Janey bekam die Wut. Der Schmerz zog die Wut an, gab ihr einen Grund, wütend zu sein. Sie lief auf das gegnerische Tor zu, wo Poppy und Moose innerhalb des Schußkreises auf eine gute Schlagmöglichkeit warteten.

Schwierig zu sagen, was dann geschah. Janey bekam Mooses Stock über die Beine, als diese ausholte, und fiel auf Poppy. Im allgemeinen Durcheinander schlug jemand den Ball auf die andere Spielfeldseite. Ein schnelles, einfaches Tor. Der Schiedsrichter gab den Schlußpfiff. Spielstand: eins zu null.

«Du Trottel», sagte Poppy, «das hast du extra gemacht.»

«Natürlich nicht.»

Die Lehrerin kam herüber. «Janey Morris, was soll denn das?»

«Sie hat mich vom Ball weggedrängt», sagte Poppy.

«Ich bin ausgerutscht.»

«Du hast es extra gemacht.»

«Kein Streit», sagte die Lehrerin. «Geht in den Umkleideraum und zieht euch an.»

Der Weg dahin war lang und einsam. Die anderen Mädchen scharten sich um Poppy und Moose.

Während sie auf die Trainerin warteten, kam Poppy zu Janey. «Dich krieg ich noch», sagte sie.

Janey schaute sie ohne mit der Wimper zu zucken an.

«Wegen dir haben wir das Spiel verloren.» Poppys Gesicht war nur Zentimeter von Janeys entfernt.

«Verpiß dich, bevor mir die Hand ausrutscht», sagte Janey und war selbst überrascht. Ihr Bein tat immer noch weh.

«Ach, ja?»

Janey drehte sich um und ging weg.

«He, Vogelscheuche, ich rede mit dir!»

Janey drehte sich um und maß die Mitschülerin mit einem geringschätzigen Blick. «Du bist heute so geistreich, Poppy. Hast du Nachhilfeunterricht gehabt?»

Poppy machte einen Schritt auf sie zu.

Die Trainerin kam um die Ecke. «Auf geht's, Mädchen, wir haben nicht den ganzen Tag Zeit. Auf geht's, Janey Morris. Du hast heute schon genug Ärger gemacht. Beweg dich.»

Janey hoffte, daß Pearl nach der Schule auf sie wartete, doch das war nicht der Fall. Manchmal wartete Pearl auch im Lindon Park auf sie, aber nicht an diesem Nachmittag. Janey ging allein nach Hause. Sie vergaß Herberts Abendzeitung.

Sie ging in ihr Zimmer und legte sich aufs Bett. An der Tür hing ein Kalender. Mit rotem Filzstift strich sie die Tage aus. In zehn Tagen würden sie umziehen in das neue Haus. Der Tag war dick eingekringelt. Sie sah ihn als Wendepunkt. Wenn sie erst umgezogen waren, würde alles besser. Alles, was schiefging, war nur ein Echo auf das Leben in dieser schrecklichen Wohnung, als würde die Wohnung Dunkelheit und Verwirrung hervorrufen und ihr ganzes Leben negativ beeinflussen.

Sie hatte sich das Haus angeschaut, das die Eltern kaufen wollten. Im Moment wohnte noch eine alte Dame dort. An dem Haus war seit fünfzig Jahren nichts mehr gemacht worden. Es waren jede Menge Reparaturen nötig. Neue Leitungen. Eine Zentralheizung mußte eingebaut werden. Es brauchte eine neue Isolierung, und das Dach war auch nicht ganz geheuer, aber Janey hatte das Haus vom ersten Augenblick an gemocht. Ihr Zimmer würde das erste sein, wenn man die Treppe heraufkam. In der Tür waren dicke Scheiben aus buntem Glas. Es war zweimal so groß wie das Zimmer, das sie jetzt hatte. Es war sogar größer als ihr altes Zimmer in Richmond, und es hatte eine Flügeltür, die auf einen kleinen Balkon führte.

Sie hatte ihren Eltern beim Ausmessen der Zimmer geholfen und hatte die Steckdosen gezählt. Die alte Dame war mit ihnen herumgegangen. «Ich lasse die Vorhänge hier», hatte sie gesagt. «Und die Teppiche. Sie brauchen keine neuen Teppiche zu kaufen.»

«Sehr großzügig», hatte die Mutter Janey zugeflüstert, als die alte Dame außer Hörweite war. «Sie sind total vergammelt. Wahrscheinlich müssen wir alles rausschmeißen.»

Auf dem Rückweg im Wagen hatten die Eltern Pläne geschmiedet:

«Das Badezimmer muß völlig neu gemacht werden.»

«Der Schuppen im Garten muß abgerissen werden.»

«Abgerissen? Du meinst wohl umgelegt.»

«Doppelfenster.»

«Einbauküche.»

«Das dauert mindestens ein Jahr, bis es so ist, wie wir es haben wollen.»

Und Janey hatte, kaum zu Hause angekommen, das Umzugsdatum eingekringelt und angefangen, die Tage im Kalender auszustreichen.

Die Haustür wurde zugeworfen, und ein paar Sekunden später stürmte Ritchie ins Zimmer. «Was gibt's zu essen?»

Die Eltern würden beide spät nach Hause kommen. Janey hatte den Auftrag, sich ums Essen zu kümmern.

«Kannst du dir nicht selber ein Brot machen?»

«Mutter hat gesagt, daß du was Richtiges kochen sollst.»

«Hab keine Lust.»

«Dann mach ich es.»

«Ich koch dir später was.»

«Später will ich nichts mehr. Ich habe jetzt Hunger.» Er verschwand.

Janey lag auf dem Bett, ein Knie hochgezogen und beide Hände auf das schmerzende Schienbein gedrückt. Nach einer Weile holte sie den letzten Brief hervor, den sie von Belinda bekommen hatte.

Janey hatte Belinda geschrieben, hatte ihr von Pearl erzählt und von ihrer Idee, eine Geschichte mit einer Pearl-ähnlichen Hauptfigur zu machen, und sic hatte gefragt, ob Belinda ihr dabei helfen wolle. In ihrem einseitigen Antwortbrief war Belinda überhaupt nicht auf die Idee eingegangen. Offensichtlich hatte sie keinerlei Interesse mehr daran, ihre Zusammenarbeit fortzusetzen. Auch an Janey schien sie nicht mehr interessiert zu sein. Was sie hauptsächlich interessierte, war, wie kalt es in Kanada im Winter war. Janey warf den Brief auf den Boden. Soviel zu besten Freundinnen, wenn dreitausend Meilen sie trennen.

Sie zog sich um und ging nach oben.

Auf halbem Weg traf sie der Geruch nach verbranntem Toast.

Die Küche war ein einziges Chaos.

Ritchie saß vor dem Fernseher im Wohnzimmer auf dem Boden.

«Was, zum Teufel, hast du gemacht?»

«Gekocht.»

«Was hast du gekocht, um Himmels willen?»

«Würstchen, dicke Bohnen, Schinken, Eier, Tomaten, Hamburger. Was interessiert's dich?»

«Hast du für andere Leute noch was übrig gelassen?»

«Weiß nicht.»

«Ritchie!»

«Es wäre deine Arbeit gewesen. Meine Schuld ist es nicht. Du solltest was für mich kochen. Woher soll ich denn wissen, was für mich vorgesehen war?»

Janey ging in die Küche. Ritchie hatte den Kühlschrank buchstäblich leergefegt.

«Du hast alles aufgegessen», rief sie. «Und schau dir bloß mal die Pfanne an; das dauert ewig, bis die wieder sauber ist.» Offensichtlich hatte er versucht, den verbrannten Toast abzukratzen – überall lag schwarzer Staub. Schwarzer Staub und Fettflecken und gelbe Schmierer, weil wohl ein Ei zerbrochen war.

Sie stürmte ins Wohnzimmer. Sie packte Ritchie am Kragen und zerrte ihn auf die Beine.

«Laß mich los, Vogelscheuche.»

Sie schlug ihm mit aller Kraft ins Gesicht. Er taumelte und fiel hintenüber. Sie purzelte auf ihn und schlug weiter auf ihn ein. Er rollte sich zu einem Ball zusammen, die Hände schützend vor dem

Gesicht. Sie drosch auf ihn ein, ließ die über Wochen unterdrückten Aggressionen heraus.

Ihre schlegelnden Arme wurden immer schwerer, der Hagel von Schlägen ließ nach. Atemlos rappelte sie sich auf und stand über ihm, zitternd und völlig fertig.

Langsam rollte er sich auf. Er schaute zu ihr hoch. Ängstlich und verwirrt. Er sagte kein Wort. Er rutschte von ihr weg und lief in sein Zimmer.

Eine ganze Weile stand sie da und starrte hinunter auf den fremden Teppich. Sie war erhitzt und verschwitzt. Sie schob sich die Haarsträhnen aus dem Gesicht. Sie hob Ritchies Teller auf, der immer noch mehr als halbvoll war.

Sie klopfte an seine Tür. «Willst du deinen Teller leer essen?»

«Nein.»

Sie kratzte den Rest in den Abfalleimer.

Wie sollte sie ihm das erklären? Wie konnte sie zu ihm sagen: Du warst nicht gemeint. Es war nicht deine Schuld. Ich hab nicht dich geschlagen. Es war wegen der Schule. Wie konnte sie hoffen, daß er so etwas verstand?

Plötzlich war sie unendlich müde. Sie begann abzuwaschen. Doch es schien so sinnlos.

Sie ging hinunter in ihr Zimmer. Sie legte sich ins Bett und löschte das Licht. Ihre Kleider ließ sie auf dem Boden liegen. Sie schlief wie tot.

«Janey!» Hartes Licht ließ sie die Augen öffnen. Der Vater stand an ihrem Bett. «Wie sieht es da oben aus? Und weshalb hast du Ritchie geschlagen?»

Janey brach in Tränen aus.

«Janey? Janey?» Er setzte sich auf die Bettkante und strich ihr das zerzauste Haar aus dem Gesicht. Seine Stimme wurde weicher. «Was ist los?»

«Ich bin unglücklich. Ich kann doch auch mal unglücklich sein, oder?»

Er zog sie hoch und drückte sie an sich.

Sie hörte die Stimme der Mutter: «Was ist denn hier passiert?»

«Unser Mädchen ist nicht sehr fröhlich.» Die Stimme des Vaters klang sehr nah und sehr weich.

«Ich wollte ihn nicht schlagen», murmelte Janey ins Hemd des Vaters. «Aber er hatte alles aufgegessen.»

«Das ist kein Grund, ihn zu schlagen», sagte die Mutter.

«Ich hab's doch nicht gewollt. Er war nicht gemeint.»

«Was war es dann?» fragte der Vater leise. «Was hat dich so durcheinandergebracht?»

«Ich weiß auch nicht – alles.»

«Nicht alles», sagte der Vater und strich ihr übers Haar. «Es kann nicht alles sein. Komm, sag deinem armen alten Dad, was es ist.» Er hob ihren Kopf. «Kannst du das nicht?»

«Es ist nichts mehr zu essen da.»

«Das läßt sich bald ändern. Es gibt Läden. Läden verkaufen Lebensmittel. Wie wär's zum Beispiel mit diesen schwimmigen Dingern, du weißt schon, die schwimmigen Dinger mit Kartoffelstückchen, fritierten Kartoffelstückchen? Wie heißen sie gleich wieder – die Läden, wo man so was kaufen kann?»

«Fisch-und-Chips-Buden», sagte Janey, fast schon lachend.

«Richtig, Fisch-und-Chips-Buden. Helen? Fisch und Chips?»

Sie hörte, wie die Mutter nach unten ging.

«So», sagte der Vater, «und jetzt setz dich mal hin. Hier ist ein Taschentuch. Putz dir die Nase, du siehst albern aus so.»

Sie putzte sich die Nase. «Ich bin nicht albern.»

«Das Urteil darüber können wir möglicherweise zurückstellen. Sagst du mir jetzt, was los ist, oder muß ich dich durchprügeln?»

«Nicht prügeln. Ich hab ein schlimmes Bein. Ich hab was abgekriegt.»

«Von wem? Ritchie?»

«Nein, beim Hockey.»

«Laß sehen.»

Sie zog das Bein unter der Decke hervor und schob die Pyjamahose hoch. Eine rote Schramme war zu sehen.

«Das beeindruckt mich nicht sonderlich», sagte der Vater. «Ich habe zumindest einen glatten Bruch erwartet.»

«Es tut weh.»

Er strich vorsichtig mit dem Finger darüber, und sie verzog das Gesicht.

«Morgen hast du wahrscheinlich einen wunderschönen blauen Fleck, aber ich denke, du wirst es überleben. War das alles?»

Janey nickte.

«Sicher?»

«Ja.»

Er stand auf. «In diesem Fall kannst du aufstehen und dich bei Ritchie entschuldigen, und dann kannst du mir helfen, die Küche aufzuräumen.» Er sah sie an. «Du kannst es mir sagen, das weißt du.»

Sie nickte. Es hatte wenig Sinn zu fragen: «Was sagen?» Offensichtlich wußte er, daß da noch etwas war.

«Hat Pearl etwas getan, das dich so aus der Bahn geworfen hat?»

«Natürlich nicht.»

«Hat es was mit kleinen Mädchen zu tun? Willst du deshalb nicht mit mir darüber reden?» Er lächelte. «Ich weiß ein bißchen was über kleine Mädchen. Du brauchst dich nicht zu genieren. Oder ist es etwas, das du mit deiner Mutter besprechen willst?»

«Nein. Es ist nichts in der Richtung.»

«Okay, ich werde dich nicht weiter drängen. Du wirst es uns sagen, wenn du soweit bist. Du kannst immer mit uns reden, das weißt du. Immer – über alles. Wir könnten dir vielleicht helfen.»

Janey stand auf und zog ihren Morgenmantel an. «Ich glaube, es ist einfach das Haus hier. Es macht mich fertig.»

«Nicht mehr lang.»

«Nein. Ich weiß.»

Sie gingen nach oben. Der Vater nahm die Küche in Angriff. Ritchie saß im Wohnzimmer im Lehnstuhl und las einen Comic. Sie setzte sich auf die Lehne.

«Hallo», sagte sie.

Er schaute sie düster an.
«Magst du mich nicht mehr?» fragte sie.
Keine Antwort.
«Ich mag dich immer noch. Tut mir leid, daß ich dich geschlagen habe. Hast du Lust, ein Spiel zu spielen?»
«Nein.»
«Dungeons and Dragons?» Sie schüttelte ihn leicht an der Schulter. «Nicht mal Dungeons and Dragons?»
«Ein ganzes Spiel?»
«Ja.»
«Ein ganzes Spiel, von Anfang bis Ende?»
«Genau.»
«Okay.»
Während er hinausging, um das Spiel zu holen, half Janey dem Vater in der Küche. «Wir spielen Dungeons and Dragons», erzählte sie. «Ein ganzes Spiel. Ein ganzes Spiel von Anfang bis Ende.»
«Das ist deine Strafe.»
«Fisch und Chips!» rief die Mutter von der Treppe. «Holt die Teller raus.»

11. Kapitel

«Janey, hast du meine Uhr gesehen?»
«Nein.»
«Die goldene. Sie lag hier auf dem Kaminsims. Hast du zufällig aufgeräumt?»
«Nein. Ich hab nichts angerührt.»
«Jemand muß sie weggetan haben.» Die Mutter ging im Zimmer herum, nahm Dinge auf und legte sie wieder hin. «Du könntest mir wenigstens suchen helfen.»

Janey taperte im Windschatten der Mutter durchs Zimmer, nahm dieselben Dinge auf und legte sie wieder hin. So früh am Morgen war sie noch nicht zu gebrauchen. Mit dem Offenhalten der Augen, dem Anziehen und Zur-Schule-Gehen stieß sie schon fast an die Grenzen ihrer Möglichkeiten. Erst gegen zehn Uhr sah sie die Welt einigermaßen scharf.

«Wozu brauchst du sie?» Die goldene Uhr war das beste Stück der Mutter. Normalerweise trug sie sie unter der Woche nicht.

«Sie ist stehengeblieben. Ich will sie zur Reparatur bringen. Das heißt, ich wollte sie zur Reparatur bringen. Wenn ich sie finde. Das ist ja wirklich zu blöd. Sie kann doch nicht davongelaufen sein, sie hat doch keine Beine gekriegt. Jemand muß sie weggeräumt haben.»

«Wann hast du sie auf den Sims gelegt?»

«Gestern morgen. Eigentlich wollte ich sie gestern schon wegbringen, hab sie dann aber vergessen. Ob dein Vater sie in den Fingern gehabt hat?» Sie rief in Richtung Schlafzimmer: «David, was hast du mit meiner Uhr gemacht?»

Janeys Vater kam heraus. Sein Blick war noch nicht ganz klar, als er sich die Krawatte band. «Ich hab sie gegessen.»

«Sie lag auf dem Kaminsims, und jetzt ist sie weg.»

Er schüttelte den Kopf. «Unschuldig.» Die Krawatte war gebunden, doch der Knoten war reichlich unordentlich. Janey stellte sich vor den Vater hin und zupfte die Krawatte zurecht.

«Das gibt's doch nicht! Würdet ihr zwei mir freundlicherweise suchen helfen?»

Die drei suchten hinter Schränken, unter Stühlen, überall.

«Ich verstehe nicht, warum dir solche Sachen nicht am Abend zuvor einfallen», meinte Janeys Vater. «Es würde uns...»

«Fang nicht so an», warnte die Mutter. «Fang gar nicht erst an, David.»

«War ja nur so ein Gedanke», murmelte er, während er sich auf alle viere niederließ, um unter die Couch zu schauen.

«Wo ist mein Taschenrechner?» Ritchie stand unter der Tür.

«Verschwinde!» rief die Mutter. Er warf ihr einen beleidigten Blick zu und verzog sich.

Schließlich verließen sie das Haus, ohne die Uhr gefunden zu haben. Janey hatte den Schulweg schon zur Hälfte hinter sich, als ihr einfiel, daß Pearl am vergangenen Nachmittag, bevor die Eltern heimgekommen waren, bei ihnen gewesen war. War Pearl einmal allein im Wohnzimmer gewesen? Natürlich. Die Zeiten, wo Janey auf der Hut gewesen war, wenn Pearl sie besuchte, waren längst vorbei. Aber Pearl klaute, oder sie hatte zumindest geklaut. Sie gab es ja selbst zu. Ihre Einstellung zu Diebstahl war höchst sonderbar. «Wenn ich etwas sehe, das ich gern haben möchte, liegt es an dem jeweiligen Besitzer, mich davon abzuhalten, daß ich es mir nehme. Wenn die Leute besser auf ihre Sachen aufpassen würden, würde ihnen nichts geklaut.»

«Aber was ist, wenn deine Sachen gestohlen werden?» hatte Janey gefragt.

«In Ordnung. Derjenige müßte aber schon ganz schön gerissen sein, das kann ich dir sagen. Ich hätte alle Hochachtung vor jemand, der mir was klauen könnte.»

Ein paar Tage später hatte Janey etwas aus Pearls Tasche genommen. Am Abend des darauffolgenden Tages hatte Pearl immer noch nicht erwähnt, daß ihr etwas fehlte, und so hatte Janey es schließlich zurückgegeben. Pearl hatte gelacht. «Ich hab nichts gesagt, weil ich wußte, daß du es warst, und weil ich wußte, daß du es nicht behalten würdest. Ich hab wieder mal eine Lektion gekriegt, was? Du bist so leicht zu durchschauen, Janey. Aber wenn du es wirklich gewollt hättest, hätte ich es dir geschenkt. Also.»

«Ich verstehe dich überhaupt nicht.»

«Gut. Ich will nicht verstanden werden.»

Janey war überzeugt davon, daß Pearl nie etwas von ihr klauen würde. Doch ließ sich das auch auf ihre Eltern ausdehnen? Aber etwas so Offensichtliches würde Pearl nie tun. Oder doch? War es möglich, daß sie die Uhr aus einem Zwang heraus eingesteckt hatte, weil sie nicht anders konnte? «Das liegt mir im Blut», hatte sie einmal zu Janey gesagt. «Ich muß gar nicht darüber nachdenken. Ich tu es einfach. Gedanken mach ich mir erst hinterher darüber.»

Konnte es so passiert sein?

Janeys Gedankenkreise um Pearl und die goldene Uhr wurden unterbrochen, als sie in der Schule zu ihrem Schrank kam und feststellte, daß der Schlüssel sich nicht ins Schloß stecken ließ. Sie machte alle Phasen von Verwunderung über Ärger bis hin zu Wut durch, bis ihr dämmerte, daß jemand etwas ins Schlüsselloch gesteckt haben mußte, um es zu blockieren.

Sie sagte es Miss Sutherland. In der ersten Pause wurde festgestellt, daß jemand Sekundenkleber ins Schlüsselloch gedrückt hatte. Janey war überzeugt, daß es jemand aus der Anthea/Poppy-Dynastie war. Das Schloß wurde aufgebrochen, damit Janey an ihre Bücher kam. In allen Klassen wurde eine Warnung verlesen, so dumme Scherze wie das Verkleben von Schrankschlössern mit Superkleber in Zukunft gefälligst zu unterlassen, und der Vorfall wurde offiziell vergessen. Da es keine freien Schränke mehr gab, war Janey gezwungen, sämtliche Bücher mit sich herumzutragen, bis ihr aus heiterem Himmel eines der asiatischen Mädchen, das Janey nicht einmal kannte, anbot, den Schrank mit ihr zu teilen.

Pearl ließ sich den ganzen Tag über nicht blicken.

Als Janey an diesem Nachmittag den Mantel anzog, um nach Hause zu gehen, kam Poppy mit ein paar von den anderen herein.

«Hier riecht's so komisch», sagte sie.

Janey knöpfte ihren Mantel zu und ging hinaus.

«Schon besser», hörte sie Poppy laut sagen. «Jetzt riecht es nicht mehr.»

Beachte sie nicht, dann hört es von allein wieder auf, sagte sich Janey. Ignoriere sie, und es wird ihnen langweilig. Sie ging die Straße hinunter in Richtung Lindon Park.

Ein paar Mädchen standen auf dem Bürgersteig. Anthea, Rae und noch drei oder vier andere.

Anthea vertrat Janey den Weg. «Ich soll dir etwas ausrichten.»

Janey versuchte, an ihr vorbeizugehen, doch Anthea blieb vor ihr.

«Eine Nachricht von dem Typ, der in der Buchhandlung arbeitet.»

Janey schaute sie scharf an. «Wovon redest du?»

«Ich soll dir ausrichten, du seist nicht so gut wie Pearl Silvera.»

«Geh mir aus dem Weg.»

Anthea trat zur Seite. Sie heuchelte Überraschung. «Ich hab nur die Nachricht weitergegeben. Ich weiß gar nicht, was sie bedeuten soll.»

Janey ging vorbei und überquerte die Straße.

«Was bedeutet es denn?» rief Anthea ihr nach. «Worin bist du nicht so gut?»

Sobald sie außer Sichtweite der Mädchen war, schlug Janey den Weg zur Buchhandlung ein. Mr. Roberts stand an der Kasse.

«Könnte ich bitte Simon sprechen?»

«Simon! Simon! Jemand will dich sprechen.»

Simon streckte den Kopf aus der Tür zum Lager. Sie ging zu ihm.

«Hallo.»

Sie sprach leise. «Was hast du über mich gesagt?»

«Nichts. Wovon redest du?»

«Du hast über mich gesprochen.»

«Habe ich nicht.»

«Wie kommt Anthea Coles dann dazu zu sagen, du hättest ihr etwas für mich aufgetragen?»

«Das ist doch lächerlich. Wer ist Anthea Coles? Ich hab den Namen nie gehört. Sie will dich ärgern, wer immer sie ist. Was hat sie gesagt?»

«Etwas über mich und Pearl Silvera.»

«Pearl? Was ist mit Pearl?»

Etwas in seiner Stimme ließ sie aufhorchen. Bis jetzt war sie davon ausgegangen, daß Simon Pearl nur ein einziges Mal begegnet war, und zwar schon vor Wochen, als Pearl das Buch für Janey gekauft hatte. Und ihren Namen wußte er nur, weil Janey ihn erwähnt hatte. Doch jetzt kamen ihr Zweifel.

Sie schaute ihn an, und er wurde verlegen. «Ich – ich dachte, sie hätte es dir gesagt.»

«Was gesagt?»

«Ich dachte, weil ihr Freundinnen seid, hätte sie es dir gesagt.»

«Was denn?»

«Wir waren ein paarmal zusammen weg. Das ist alles. Ich dachte, sie hätte es gesagt. Es war kein Geheimnis. Es ist nicht so, daß... Ich meine...»

Langsam ging Janey nach Hause. Die Mädchen in ihrer Klasse wußten, daß sie mit Simon im Kino gewesen war. Das war schließlich der Grund gewesen, weshalb sie nicht zu Antheas Party gekommen war. Das war noch gewesen, bevor sie sie geschnitten hatten. Vielleicht nahmen sie an, daß sie sich immer noch trafen. Falls sie das annahmen, und falls eine von ihnen Simon mit Pearl gesehen hatte, würde das Sinn machen.

Aber weshalb hatte Pearl ihr nichts davon gesagt? Weshalb hatte sie es ihr verheimlicht?

Vor der Haustür traf sie Ritchie.

«Komm, wir wollen noch einmal nach Mutters Uhr schauen», sagte sie, als sie die Treppe hinaufgingen.

«Nein.»

«Jetzt sei nicht so egoistisch.»

«Ich mag nicht.»

Während Janey in einem letzten verzweifelten Versuch, die Uhr zu finden und Pearls Unschuld zu beweisen, das Wohnzimmer absuchte, blieb Ritchie in seinem Zimmer.

Es ist verdächtig ruhig, hätte Janey denken können, wenn sie mit ihren Gedanken nicht ganz wo anders gewesen wäre.

Die Uhr fand sie nicht.

«Ritchie?» rief sie. «Ich gehe noch mal kurz weg. Sei anständig, ja?»

Keine Antwort.

«Ritchie?»

«Wa-as?»

«Ich gehe kurz weg. Vater muß jeden Augenblick kommen. Benimm dich.»

Manchmal war es schon sehr unpraktisch, daß kein Telefon im Haus war. Nicht daß Janey Pearl am Telefon zur Rede stellen wollte, aber sie hätte zumindest in Erfahrung bringen können, ob sie zu Hause war, bevor sie sich auf den Weg zu ihr machte.

Während Janey in dem Haus, in dem Pearl wohnte, auf den Fahrstuhl wartete, hatte sie Zeit, in eine tiefe Depression zu fallen. Die Gegend war deprimierend mit all den Hochhäusern und den schmalen Sträßchen dazwischen, die aussahen wie häßliche Zahnlücken. Doch weshalb empfand sie den Gedanken an Pearl, die sich mit Simon traf, so deprimierend? Janey verstand es nicht – es war einfach so.

Sie klopfte an die schmutziggelbe Wohnungstür.

Pearls Vater öffnete. Janey hatte ihn schon ein paarmal getroffen, aber immer nur kurz, und immer war Pearl dabei gewesen. Er war Ende dreißig oder Anfang vierzig. Er machte den Eindruck eines intelligenten Kindes. Sein Gesicht war weich und glatt, so als warte es darauf, daß das Leben vorbeikam und ein paar charakteristische Züge hineinschnitzte. Sein Haar war bereits mit grauen Strähnen durchsetzt und so lang, daß es ungepflegt aussah. Denn dazu, daß man das lange Haar als Ausdruck seines persönlichen Stils hätte betrachten können, war es wieder nicht lang genug. Er trug Jeans und eine Jeansjacke. Wie immer.

Ein merkwürdig süßlicher Geruch drang aus der Wohnung.

Sein Gesichtsausdruck, anfänglich argwöhnisch, veränderte sich zu einem sonderbar unkontrollierten Grinsen.

«Pearls Freundin.»

«Ja. Hallo. Ist sie da?»

Pearls Vater kicherte. Janey starrte ihn an. Er mußte betrunken sein.

Er machte die Tür weit auf. «Komm rein.» Sie sah, daß er eine lange, selbstgedrehte Zigarette zwischen den Fingern hielt. Noch in Richmond war Janey einmal auf einer Party gewesen, auf der Geburtstagsparty des älteren Bruders einer Freundin. Ein paar Leute hatten Haschisch geraucht. Janey erkannte den Geruch und die sonderbar geformte Zigarette wieder. Sie hatte auf der Party auch ein paar Züge geraucht, nur um einmal auszuprobieren, wie es war. Ihr war schwindelig geworden davon. Die Wirkung war nicht angenehm gewesen, und sie hatte beschlossen, es nicht noch mal zu versuchen.

«Ist Pearl da?»

Ihr Vater schüttelte den Kopf. «Du kannst reinkommen und warten, wenn du willst.»

«Wollte sie lang weg bleiben?»

«Keine Ahnung. Vielleicht. Spielt das eine Rolle?»

«Wissen Sie, wo sie ist?»

«Nein, sie...» Er sah sie scharf an. «Es gibt keine Regeln.»

«Bitte?»

«Keine Regeln. Ich stell keine Regeln auf. Ich bin überzeugt, daß...» Er lehnte sich schwer an den Türrahmen und starrte auf einen Punkt über Janeys Schulter. «Die Leute – es geht nicht. Man kann die Menschen nicht zu was machen. Verstehst du?»

«Vielleicht warte ich doch nicht auf sie», sagte Janey.

Er machte eine unbestimmte Geste mit der Hand. «Man kann – Menschen nicht zwingen. Das will ich damit sagen. Man kann sie nicht so formen, daß sie einem in den Kram passen.»

«Sagen Sie Pearl bitte, daß ich hier war?»

«Alle müssen sie selber sein.»

«Mr. Silvera? Sagen Sie Pearl bitte, daß ich hier war?»

Er sah sie an. «Willst du nicht warten?»

«Lieber nicht.» Sie trat versuchsweise einen Schritt zurück. «Trotzdem vielen Dank.» Sie ging über den Flur und drückte auf den Knopf für den Aufzug. Pearls Vater stand in der Tür. Er schaute in ihre Richtung, ohne etwas zu erkennen. Die Aufzugstür öffnete sich klappernd, und sie trat ein.

Während sie nach unten fuhr, überlegte Janey, wie es wohl sein mußte, so einen Vater zu haben. Wie ein Loch in der Mitte des Lebens. Sie versuchte, sich ein Leben ohne richtige Mutter und mit einem formlosen, schwachen Vater vorzustellen. Ein Vater, der davon überzeugt war, daß jeder die Möglichkeit haben sollte, das zu tun, wonach ihm gerade der Sinn stand. Ein Vater, der sich weigerte, einem etwas vorzuschreiben.

Die Vorschriften in Janeys Leben hielten sich in Grenzen – sie und ihre Eltern gerieten sich nicht oft in die Haare. Wenn es doch einmal vorkam, ging es gewöhnlich darum, daß sie etwas nicht tun wollte, was sie wollten, und nicht umgekehrt. Janey war von Natur aus kein Rebell. Sie hatte das Gefühl, daß Pearl mit ihrer Rebellion lediglich darauf aus war, eine Reaktion hervorzurufen. Sie schokkierte die Leute gern. Doch die Tatsache, daß sie Leute brauchte, die sich schocken ließen, schien Janey bedeutsam.

Janey stieg langsam die Treppe hinauf. Ihr Vater war in der Küche. Er pfiff vor sich hin. Sie umarmte ihn und drückte ihm einen Kuß auf die Wange.

«Was hat das zu bedeuten?» fragte er und schlang den Arm um ihren Hals.

«Nichts. Mir ist nach Zärtlichkeit. Ich kann doch wohl noch zärtlich sein, oder?»

«Hab ich mich beklagt? Geh und sei auch zärtlich zu deiner Mutter.»

Die Mutter saß auf der Couch mit ihrer Aktentasche im Schoß.

«Hast du sie inzwischen gefunden?» fragte Janey.

«Was gefunden?»

«Deine Uhr.»

«Im Moment habe ich keine Zeit, mir darüber Gedanken zu machen. Sie wird schon wieder auftauchen. Wahrscheinlich hab ich sie selber weggeräumt und es dann vergessen – du weißt, wie ich bin, wenn ich versuche, an zehn Sachen gleichzeitig zu denken. Ich will mich gar nicht darüber aufregen. Dazu hab ich viel zuviel am Hals. Sieh dir das an. Morgen hab ich drei Konferenzen nacheinander.»

«Ich hab noch mal danach gesucht.»

«Ach ja? Danke.»

«Ich kann weitersuchen, wenn du willst.»

«Nein. Nein, Janey, ich muß das ganze Zeug hier auf die Reihe bringen. Wenn du mir ständig zwischen den Füßen herumläufst, kann ich mich nicht konzentrieren. Hast du denn deine Hausaufgaben schon gemacht?»

«Ja. Vor Urzeiten. Kann ich eine Weile runtergehen zu Bert?»

«Wenn er nichts dagegen hat.»

«Hat er nicht. Er mag mich.»

Sie trat auf den Flur.

«Janey?» Ritchie streckte den Kopf aus seinem Zimmer.

«Du solltest längst schlafen.»

«Komm und rede mit mir.»

«Weshalb sollte ich?»

«Ich will mit dir reden.»

«Morgen.» Sie wollte die Treppe hinutergehen.

«Janey?»

«Geh ins Bett.»

Janey hatte Schwierigkeiten, sich auf Herbert zu konzentrieren. Ständig tauchte Pearl zwischen ihren Augen und dem Schreibblock auf. Und Herbert hatte einen seiner weniger guten Tage.

«Wir saßen in einem Zug nach Liverpool, und an jeder Station brüllte jemand: ‹Du bist Toplis. Ich kenne dich, du bist Toplis.› »

«Bert, das hatten wir schon. Das hast du mir schon vor ein paar Tagen erzählt. Du wolltest von deiner Zeit in Indien erzählen.»

«Ich bekam Scharlach, als ich nach England zurückkam. Hab ich das schon gesagt? Zuerst dachte ich, es sei Malaria – ich hatte mich in Indien mit Malaria angesteckt, und es kommt wieder. Aber ich war beim Arzt, und der hat gesagt: ‹Verlaß ganz schnell meine Praxis und warte draußen auf den Krankenwagen. Du hast Scharlach.› Und ich hab immer gedacht, nur die Kleinen könnten Scharlach kriegen. Einen Monat lag ich im Krankenhaus deswegen, und auf meinem Zimmer war noch – laß mich mal überlegen – ein

Kricketspieler und ein Jockey und noch zwei andere – und dann noch die jungen Burschen. Und am zweiten Tag hat sich bei mir die Haut geschält, und das sollte sie eigentlich nicht... Mädchen? Hörst du mir zu?»

«Entschuldige. Entschuldige, Bert, ich war mit meinen Gedanken meilenweit weg.»

«Geht dir was im Kopf herum?»

«Nichts Spezielles. Ich bin nur ein bißchen müde.» Sie legte den Block beiseite. «Ich glaube, ich geb's auf und geh ins Bett.»

«Ein geteiltes Problem ist ein halbes Problem.»

Janey stand auf. «Ich hab keine Probleme.» Sie lächelte.

«Du hast ein ganz schön verschmitztes Lachen, das will ich dir mal sagen.»

«Findest du?»

«Wie ein kleiner Kobold.»

«Ein kleiner Kobold», sagte Janey. «Das ist gut. Bert, hat man dich in der Schule früher je tyrannisiert? Ich meine, nicht richtig tyrannisiert, haben dir andere in der Schule das Leben schwer gemacht? Hast du sowas je erlebt?»

«Sie haben dich in Ruhe gelassen, wenn sie wußten, daß du dich wehrst. Alle Tyrannen sind Feiglinge. Schlag zurück, und sie lassen dich bald in Frieden.»

«Schlag zurück? Meinst du wirklich so?» Sie stellte sich in Boxerpositur, beide Fäuste vor dem Gesicht.

«Nur wenn du keine andere Wahl hast. Wenn du selber keinen Streit suchst, wird dich auch kein Streit finden.»

«Wenn das nur wahr wäre.»

«Hat es jemand auf dich abgesehen? Eine aus der Schule?»

«Ja. Aber es ist nicht so wichtig. Ich werd schon damit fertig.» Janey legte den Schreibblock auf die Kommode. «Ich glaub, ich geh jetzt ins Bett. Ich bin furchtbar müde.»

«So ist's recht. Hinauf mit dir.»

«Gute Nacht, Bert.»

«Gute Nacht, Kleine.»

12. Kapitel

«Janey, hattest du in den letzten Tagen Besuch von irgendwelchen Freunden?»

Janey schaute von ihrem Frühstück auf. Sie schüttelte den Kopf. Ein Kopfschütteln war keine so große Lüge wie ein ausgesprochenes «Nein». Abgestufte Lügen – von Schweregrad eins bis sechs. Was für ein Leben.

Ihre Mutter sah sie ungewöhnlich scharf an. Janey versuchte ihre Cornflakes zu essen, als sei nichts, aber sie spürte, daß sie rot geworden war.

Ritchie erschien.

«Du hast Marmelade auf deinem Hemd», sagte die Mutter.

«Hab ich nicht.» Er schaute an sich hinunter. «Wo?»

«Komm in die Küche, ich wisch es dir ab. Kannst du nicht ein bißchen aufpassen beim Essen? Man sollte meinen, daß dein Mund groß genug wäre, damit du ihn nicht verfehlst.» Ritchie wurde umgedreht und in die Küche geschoben.

Janey aß ihre Schüssel leer und stellte sie in den Spülstein.

«Ich kann dich zur Schule bringen, wenn du magst», sagte die Mutter.

«Das lohnt sich kaum. Bis du die ganzen Einbahnstraßen umfahren hast, bin ich schneller durch den Lindon Park gegangen.»

Die Mutter knöpfte ihren Mantel zu und verknotete den Gürtel. «Trotzdem...»

«Aber es ist wirklich nicht nötig.»

«Ich möchte mit dir reden. Irgendwo, wo Ritchie nicht dazwischenplatzt.»

Janey saß im Wagen und wartete. Sie schaute zur Mutter hinüber. Stirnrunzeln, das charakteristische Hinter-die-Zähne-Ziehen der Oberlippe und Vorschieben der Unterlippe. Fingernagelgetrommel auf dem Lenkrad an roten Ampeln.

«Janey, hast du Probleme in der Schule?»

«Was meinst du?»

«Laß uns nicht um den heißen Brei herumreden.»

«Ich weiß nicht, was du meinst.»

«Versucht jemand, dich zu terrorisieren? Hast du dich mit einem der Großmuftis hier in die Wolle gekriegt? Du kannst uns alles sagen, du brauchst keine Angst zu haben.»

«Ich werde nicht terrorisiert», erwiderte Janey. Sie war auf der Hut.

«Verlangt jemand Geld von dir? Läuft irgendwas mit Erpressung?»

«Wie kommst du darauf?»

«Meine goldene Armbanduhr. Sie hat sich nicht in Luft aufgelöst. Jetzt hör mir zu, hör mir gut zu. Ich weiß, daß du keine Diebin bist, aber – aber wenn dich jemand unter Druck setzt – Geld von dir verlangt – und du die Uhr genommen hast, um sie zufriedenzustellen, dann... dann mußt du es uns sagen. Dagegen kann man was machen. Es ist noch nicht zu spät, aber du mußt es mir sagen.»

«Ich hab sie nicht genommen», sagte Janey sehr leise.

«Oh, Janey!»

«Ich hab sie nicht genommen, wirklich nicht.»

«Ich weiß, daß du unglücklich bist und daß es nicht nur das Haus ist. Dahinter steckt mehr. Wir können jetzt den ganzen Morgen im Kreis herumfahren, wenn du magst, aber du steigst mir nicht aus dem Wagen, bevor ich nicht weiß, was dich bedrückt.»

Janey hätte sich am liebsten zu einem Ball zusammengerollt und unter dem Sitz versteckt. «Es sind ein paar Mädchen – sie sind gemein. Das ist alles. Sie terrorisieren mich nicht – sie sind nur gemein zu mir.»

«Soll ich mit deiner Klassenlehrerin sprechen?»

«Nein.»

«Was für Gemeinheiten lassen sich die Herzchen denn einfallen?»

«Nichts wirklich Schlimmes. Sie ignorieren mich bloß.»

«Und weshalb? Was hast du getan?»

«Nichts.»

«Du mußt sie doch irgendwie provoziert haben.»

«Es ist, weil ich neu hier bin. Wenn sie sich erst mal an mich gewöhnt haben, ist es in Ordnung. Sie haben einfach etwas gegen Leute, dich nicht hier aus der Gegend sind. So einfach ist das. Und es sind auch nur ein paar. Die meisten Mädchen sind echt nett.»

«Kann ich hundertprozentig davon ausgehen, daß du die Uhr nicht genommen hast?»

«Ja.»

Die Mutter fuhr sich mit der Hand durchs Haar. «Weiß der Himmel, was dann damit passiert ist. Das ist das Problem, wenn man ein Haus mit jemandem teilt. Vielleicht hat Mr. Mackegg die Haustür offenstehen lassen. So schnell kann man gar nicht schauen, wie diese Langfinger drin und wieder draußen sind. Ich werde ihn mal fragen, aber wahrscheinlich erinnert er sich nicht mehr.»

«Ich bin sicher, daß er die Haustür nicht offen ließ.»

«Du würdest dich wundern, wenn du wüßtest, was alte Leute alles machen. Ich habe von einer alten Dame gehört, die, anstatt auf die Toilette zu gehen, in alte Keksdosen machte. Die Dosen hatte sie aus einer Fabrik, wo sie in der Kantine gearbeitet hat. Sie hatte die Dinger alle in einem Hinterzimmer stehen. Und sie hat das monatelang gemacht, bis die Nachbarn sich über den Gestank beschwerten.»

«Bert ist nicht so. So etwas würde er nie tun.»

«Das hab ich auch nicht gesagt. Ich sage nur, daß alte Menschen sich sehr merkwürdig benehmen können. Ich sage nur, daß es sehr gut möglich ist, daß er die Haustür einen halben Tag lang offenstehen ließ. Du hast doch selbst schon gesagt, daß er manchmal ziemlich verwirrt ist.»

Janeys Mutter hielt vor der Schule. «Laß die Sache mit dem Ignoriertwerden nicht zu weit gehen. Sprich mit Miss Sutherland darüber. Sie hat so ausgesehen, als könnte man mit ihr über solche Dinge reden.»

«Ja, mach ich.» Janey stieg aus. «Bis heute abend.»

«Paß auf dich auf.»

«Tschüß.»

Janey konzentrierte sich darauf, daß der Vormittag verging. Sie hieb sich durch einen Dschungel von wie Kletten aneinanderhaftender Minuten. Hack, hack. Eine halbe Stunde weg. Hack, hack. Eine Dreiviertelstunde. Hack, hack, und die erste Pause war vorbei.

Endlich läutete es zur Mittagspause.

Daß Pearl wieder mal nicht erschienen war, konnte verschiedene Gründe haben. Ihre Anwesenheit ließ sich nicht voraussagen. Sie konnte unterwegs sein, um das Geld auszugeben, das sie für die Uhr bekommen hatte. Sie konnte sich verstecken, weil sie sich schämte und Janey nicht gegenübertreten wollte. Sie konnte auch einfach nur im Sportzentrum sein und überschüssige Energie abarbeiten, was sie, wie Janey wußte, drei- oder viermal die Woche tat.

Janey ging zur Buchhandlung. Auch wenn Simon nicht wußte, wo sie im Augenblick war, konnte er ihr doch etwas ausrichten.

Als sie in die Straße einbog, stürmte Pearl gerade aus dem Laden und ging schnell in die andere Richtung davon. Janey lief ihr nach. Im Vorbeirennen schaute sie in das Schaufenster der Buchhandlung. Simon hatte den Kopf gesenkt; sie sah sein Gesicht nicht.

Sie hatte Pearl eingeholt.

«Lieber Himmel!» sagte Pearl. «Sind sie eigentlich alle so?»

«Wie ‹so›?» Janey mußte sich ganz schön anstrengen, um mit Pearl Schritt zu halten. Die bahnte sich rücksichtslos einen Weg durch die Passanten; ihre Miene drückte konzentrierte Wut aus.

«So – so als würden sie dich besitzen. Du siehst jemanden ein paarmal, und schon tut er so, als hätte er dich in einem Laden gekauft.»

«Du hast mir nicht gesagt, daß du dich mit ihm triffst.»

Pearl schaute sie an. «Ich hab nicht gedacht, daß das was mit dir zu tun hat.»

«Tut mir leid.»

«Ach, mach dir nichts draus. Ich hab's nicht so gemeint. Es war nicht wichtig, das ist alles. Irgendwann hätte ich es dir schon gesagt, nehm ich an. Ich hab ihm gerade gesagt, daß ich mich auf nichts einlassen will. Er hat mir vorgeworfen, daß ich mir nichts aus ihm mache, daß ich ihn nur benutze. Und ich hab gesagt: ‹Warum sollte ich mir was aus dir machen? Ich kenne dich ja überhaupt nicht richtig. Wir waren erst zweimal zusammen weg. Es ist keine große Liebesgeschichte. Ich hab dich nicht mehr benutzt als du mich.› Da hat er gesagt, ich sei das Letzte.» Pearl lachte. «Sowas kriegt man auch nicht alle Tage zu hören, was?»

«Ich dachte, Simon sei anders.»

«Vielleicht ist er es auch – vielleicht liegt es nur an mir. Wenn ich eingewilligt hätte, mich weiter mit ihm zu treffen, hätte er mir vielleicht weiter gesagt, wie wundervoll ich sei. Das hat er tatsächlich gesagt. Er hat gesagt, ich sei das wundervollste Mädchen, das er je getroffen hat. Ganz schön schmalzig, was?»

«Ich wußte nicht mal, daß du ihn kennst», sagte Janey leise.

«Ich kannte ihn ja auch kaum. Irgendwann ging ich mal an dem Laden vorbei, und er kam herausgerannt und fragte mich, ob ich mit ihm ins Kino gehen würde. Einfach so. Er sagte, daß er noch nie ein Mädchen getroffen hätte, das so faszinierend aussah wie ich.»

«So hat er es bei mir auch gemacht», sagte Janey. «Er hat nicht gesagt, daß ich faszinierend aussehe, aber was er gesagt hat, kam aufs gleiche heraus.»

«Die meisten Jungen haben nur eine einzige Masche drauf. Ich nehme an, er hat dir gesagt, daß er sowas noch nie gemacht hätte?»

«Ja.»

Pearl lachte. «Mir auch. Ich hab ihm gesagt: ‹Wenn du so unerfahren bist, wie du tust, lohnt es sich nicht, mit dir auszugehen.› Da hat er aufgehört. Danach war er ganz wild auf mich. Sie mögen selbstbewußte Mädchen. Sie glauben, daß sie eine Heldentat vollbracht haben, wenn sie es geschafft haben, sich mit einem selbstbewußten Mädchen zu verabreden. Sie kommen sich dann wie richtige Männer vor.» Wieder lachte Pearl. «Hoffnungslos, oder? Ich hätte ihn bei lebendigem Leib auffressen können, und er hätte es auch noch genossen. Aber weil ich ihn ausgespuckt hab...»

«Ich nehme an, er hatte das Gefühl, du lehnst ihn ab.»

«Sehr richtig. Ich lehne ihn auch ab.» Pearl zuckte mit den Schultern. «Ich kann auch nichts dafür, wenn ich ihn nicht sonderlich mag. Was erwarten sie denn? Eine Garantie?»

Sie bogen um eine Ecke. Das aggressive Hetzen hörte auf; Pearl lehnte sich an eine niedere Mauer.

«Kommst du heute mittag zum Unterricht?»

«Nein. Ich habe es satt, auch nur so zu tun, als ginge ich noch zur Schule. Ich will weg. Ich will weg von hier. Ganz weit weg.»

«Pearl?»

«Was?»

«Hast du die Uhr von meiner Mutter genommen?»

Pearl lachte. «Was?»

«Sie lag daheim auf dem Kaminsims – eine goldene Uhr. Ich weiß, daß du sie genommen hast. Bitte, Pearl, gib sie zurück. Ich sage es niemandem, aber ich muß sie wiederhaben.»

«Ich hab sie nicht angerührt.»

Janey schaute sie stirnrunzelnd an. «Bitte, Pearl.»

«Ich hab sie nicht angerührt. Ich hab sie nicht mal gesehen.»

«Du mußt sie genommen haben.»

«Ich muß? Ich muß also?»

«Wir sind... ich habe... ich war... Ich meine...»

«Du bist nicht anders als die andern. Fehlt etwas? Pearl war es. Gib Pearl die Schuld. Was immer es ist, gib Pearl die Schuld. Ich hab die Uhr deiner Mutter nicht angerührt. Ich hab sie nicht mal gesehen. Ich wußte nicht mal, daß sie eine hat. Wie kann ich sie da genommen haben?»

«Bitte Pearl, sag die Wahrheit.»

«Ich sage die Wahrheit. Was kann ich dafür, wenn du mir nicht glaubst? Mein Gott, Janey, ich dachte wirklich, wir könnten jetzt Freundinnen sein – richtige Freundinnen.»

«Ich will dir ja glauben», sagte Janey. «Ich will es wirklich.»

«Streng dich nicht an. Mir ging's gut, bevor du kamst, und mir wird's gut gehen, wenn du wieder weg bist. Ich brauch dich nicht. Ich brauche niemand. Ist die Vernehmung zu Ende? Kann ich gehen?»

«Pearl.»

«Leck mich doch am...»

Janey schaute Pearl nach. Sie hoffte, daß sie sich plötzlich umdrehen würde, zurückkommen, ihr die goldene Uhr in die Hand drücken und sagen würde: ‹Es tut mir leid. Bitte verzeih mir. Ich konnte nicht anders.› Und dann würde Janey sagen: ‹Ist schon gut. Laß uns wieder Freunde sein. Ich werde sagen, daß ich sie gefunden habe. Ich werde sagen, daß sie unter der Couch lag oder so. Wir können trotzdem weiter Freunde sein.›

Doch Pearl drehte sich nicht um.

Janey ging zur Schule zurück. Sollte sie mit ihrer Mutter reden wegen Pearl? War die Schranke, die zwischen ihnen heruntergekracht war, so undurchlässig, daß sie keine andere Wahl hatte, als sich einen Ruck zu geben und Pearl an die Mutter zu verraten? Verraten? Aber angenommen, Pearl hatte die Uhr wirklich nicht genommen?

Angenommen, ein Fisch fährt Fahrrad?

Ihr war übel. Sie wußte, daß sie sich nicht übergeben mußte, aber der schmerzhafte Knoten im Magen ließ sie wünschen, daß sie es könnte.

Poppy und ein paar andere standen an der Tür zum Klassenzimmer.

Janey mußte sich durchdrängeln.

«Was drängelst du so?» fragte Poppy.

Janey ignorierte sie.

«Ich rede mit dir.»

Wütend drehte Janey sich zu ihr um. «Ich hab die Schnauze voll von dir», sagte sie. «Du bist reines Gift. Es kotzt mich an, daß du hinter meinem Rücken über mich herziehst und dir blöde Sachen einfallen läßt mit meinen Büchern und meinem Schrank. Wenn du mich noch einmal anfaßt oder sonst etwas tust, laß ich...»

«Janey!» Miss Sutherland stand in der Tür. «Was ist hier los?»

«Ich weiß auch nicht, Miss. Sie hat plötzlich angefangen zu schreien», sagte Poppy. «Ich hab überhaupt nichts getan.»

«Janey?»

«Ich hab nicht geschrien. Sie soll mich nur in Frieden lassen.»

«Ich denke, ich sollte einmal mit euch beiden reden.» Miss Sutherland schaute von einer zur anderen. «Okay? Nach der Schule? Hier im Klassenzimmer?»

«Ich arbeite heute nachmittag», sagte Janey.

«Es wird nicht lang dauern, und du fängst bestimmt nicht vor fünf an, oder? Wir haben also genügend Zeit.»

Es wurde ein unangenehmer Nachmittag, und das Gespräch mit der Klassenlehrerin brachte nichts. Die beiden Mädchen standen stumm nebeneinander, während Miss Sutherland von guter Zusammenarbeit sprach und davon, wie wichtig es sei, mit anderen Menschen auszukommen. Sie sprach davon, wie kindisch Rachefeldzüge seien, und wie sie zu etwas weit Schlimmerem als Beschimpfungen führen könnten. «Kann ich davon ausgehen, daß diese Kindereien aufhören?»

«Ja, Miss», sagten beide.

Sie verließen das Klassenzimmer. Sie trennten sich, ohne ein Wort zu sagen, und Janey ging zu ihrem Schrank, um ihren Mantel zu holen.

Jemand hatte mit einem Messer oder einer Schere den Mantelrücken vom Kragen bis zum Saum aufgeschlitzt.

Sie saß mit dem zusammengeknüllten Mantel auf dem Schoß da und weinte leise in die Hände.

Sie hörte Schritte. Sie schaute auf. Ihr war so elend, daß es ihr egal war, wer kam.

Es war die mausgraue kleine Georgie Sheldon.

«Kann ich dir helfen?»

«Geh weg.»

«Kann ich irgendwas für dich tun? Soll ich einen Lehrer holen?»

«Nein. Geh weg.»

Georgie trat von einem Fuß auf den anderen, wie ein nervöses Tier. «Jemand hat deinen Mantel aufgeschnitten.»

«Deine Freundinnen.»

«Kann man ihn flicken?»

«Red nicht so blöd. Natürlich nicht.»
«Was wird deine Mutter sagen?»
«Keine Ahnung.»
«Wir könnten versuchen, ihn zu flicken. Ich helfe dir.»
Janey schaute zu ihr hoch. «Warum?»
Georgie zuckte mit den Schultern.
Janey stand auf.
«Ich hab Taschentücher da», sagte Georgie und kramte in ihrer Tasche.
«Danke.»
«Es ist nur, weil du die Freundin von Pearl Silvera bist.»
«Bin ich nicht. Nicht mehr.»
«Ehrlich?»
«Ehrlich.»
«Was ist passiert?»
«Ich will nicht darüber reden.»
«Seid ihr wirklich keine Freundinnen mehr?»
«Nein.»

Es hatte keinen Zweck, den Mantel verstecken zu wollen. Janey sah so unglücklich aus, als sie ihn dem Vater zeigte, daß er nicht das Herz hatte, mit ihr zu schimpfen.
«Was Mutter wohl dazu sagt?»
«Du kennst deine Mutter.»
Janey nickte. «Sie wird in die Schule kommen.»
«Gleich morgen früh. Das müssen wir tun, Janey. Das ist kein dummer Schülerstreich mehr. Der Mantel hat eine Menge Geld gekostet. Du mußt uns sagen, wer die Mädchen sind, die dir so etwas antun. Wenn sie Messer haben – angenommen, eine von ihnen bedroht dich damit. Es ist gefährlich, Liebes. Man muß dem Direktor Bescheid sagen. Das ist Sachbeschädigung. Der nächste Schritt könnte sein, daß sie dir etwas damit antun.»
«Ich weiß.» Janey ging hinunter in ihr Zimmer. Sie fühlte sich von allen Seiten bedroht wie in diesem Film, wo die Gefängnismauern

einstürzten. Langsam und unausweichlich kamen sie auf sie zu. Und es gab kein Entrinnen.

Jemand klopfte leise an die Tür.

«Was ist?»

Ritchie kam herein. In einer Hand hielt er ein zusammengeknülltes Taschentuch.

Müde schaute Janey ihn an. «Was willst du?»

Wortlos legte er das zerknüllte Taschentuch auf ihr Bett und lief hinaus.

Einen Augenblick lang saß sie da und schaute es an. Dann rutschte sie näher und hob die eingeschlagenen Ecken auf.

Da lag die goldene Uhr der Mutter. In Einzelteilen.

13. Kapitel

«Warum hast du das gemacht?»

«Weiß nicht.»

Der Vater schaute auf Ritchie hinunter. «Das reicht nicht, Ritchie.»

Sie waren im Wohnzimmer, Ritchie klein auf der Couch, Janey saß auf der Lehne des Sessels, und der Vater stand, die auseinandergenommene Uhr in ihrem Taschentuchnest in einer Hand. Ritchie, verschüchtert und stumm, schaute auf die Schuhe des Vaters. Janey fror. Sie hatte das Gefühl, den Bruder betrogen zu haben. Doch was hätte sie tun sollen? Hier ging es nicht um ein paar fehlende Kekse oder eine zerbrochene Nippesfigur.

Der Vater kauerte sich hin, um mit Ritchie auf einer Ebene zu sein. Ritchie schaute ihn eine Sekunde lang an, dann sah er wieder weg. Janey beobachtete die beiden angespannt und ängstlich.

«Ich wollte sie reparieren», murmelte Ritchie.

«Wie bist du auf die Idee gekommen, daß du das könntest?»

«Alex aus meiner Klasse hat gesagt, das geht ganz einfach.»

«So, hat er das gesagt? Der gute Alex aus deiner Klasse.» Der Vater betrachtete die Einzelteile. «Warum hast du nicht den Mund aufgemacht? Du hast doch gewußt, daß wir alle danach gesucht habe. Du hast sogar mitgesucht.»

«Weiß nicht.»

«Er hatte Angst», sagte Janey.

Der Vater runzelte die Stirn. «Angst? Angst wovor?» Sie hörte, wie die Haustür zugeschlagen wurde. Ritchie sah aus, als überlege er im Ernst, ob er aus dem Fenster springen solle.

Der Vater richtete sich wieder auf.

«Wirst du es Mutter sagen?» fragte Ritchie.

Der Vater antwortete nicht.

Ritchie schaute verzweifelt zu Janey hinüber; sie lächelte ihn mitfühlend an.

Die Mutter kam mit ihrem Aktenkoffer unter dem Arm herein. «Der blöde Griff ist abgebrochen», sagte sie. «Und der Wagen macht irgendwelche komischen Geräusche.» Sie hielt inne und schaute die drei an. «Was gibt's?»

«Wir haben deine Uhr gefunden», sagte der Vater.

Auf ihrem Gesicht spiegelten sich Freude und Überraschung. «Wo?»

«Ritchie hatte sie. Kein Grund, jetzt auszuflippen. Er wollte helfen. Er wollte einmal behilflich sein. Die ganze Sache ist nur ein bißchen schiefgelaufen, das ist alles.»

Sie warf den Koffer auf den Sessel und knöpfte ihren Mantel auf.»

«Laß hören.»

«Er dachte, er könnte sie reparieren.»

«Ich sehe nur noch Einzelteile. Du wirst mir doch nicht sagen wollen...»

«Es ist alles da», beteuerte Ritchie.

«Weshalb hast du es uns nicht gesagt?» wollte die Mutter wissen. «Warum hast du gestern nicht den Mund aufgemacht, als wir wie blöd danach gesucht haben?» Sie zog den Mantel aus und warf ihn über die Rückenlehne des Sessels. «Wegen dir kann man manchmal die große Wut kriegen.»

«Ich wollte doch nur helfen.»

«Du solltest die Finger von Sachen lassen, von denen du nichts verstehst. Du und deine elende Alleskönnerei. Gib mal her.» Der Vater gab ihr die taschentuchumhüllte Uhr. Sie betrachtete die Rädchen, Wellen und Schräubchen. «Du hast ganze Arbeit geleistet.»

«Ich könnte die Reparatur von meinem Taschengeld bezahlen.»

«So? Meinst du? Du würdest als Rentner noch die letzten Raten abstottern», sagte die Mutter.

«Ich halte das für eine gute Idee», bemerkte der Vater.

Die Mutter drehte die Enden des Taschentuchs zu einem Strang. «Manchmal bringst du mich zur Verzweiflung, Ritchie, ehrlich. Es ist – es ist nicht in erster Linie die Tatsache, daß du auf eine so blöde Idee kommst, das Ding reparieren zu wollen, die mich so in Rage bringt – es ist vielmehr die Tatsache, daß du es verheimlichst und uns in dem Glauben läßt, die Uhr sei gestohlen worden. Wenn ich jetzt die Polizei geholt hätte? Was dann? Was, wenn die Polizei gekommen wäre und die Uhr in deinem Zimmer gefunden hätte?»

«Er hat es ja jetzt gesagt», meinte der Vater.

«Ich würde mich an den Reparaturkosten beteiligen», erbot sich Janey.

Die Mutter schaute sie groß an; sie erkannte nicht, daß Janeys Angebot auf ihren Schuldgefühlen beruhte, weil sie unloyal ihrem Bruder gegenüber gewesen war. «Willst du dir einen Heiligenschein verdienen oder was? Nein. Ritchie zahlt dafür, wie er es gesagt hat, von seinem Taschengeld.» Sie sah ihren Sohn an. «Okay?»

Er nickte.

«Wir werden die Raten festlegen, wenn ich weiß, wie teuer die Reparatur ist.» Sie wickelte die Einzelteile wieder ein. «Aber wenn sie nicht mehr zu reparieren sein sollte, mach ich Hackfleisch aus dir.»

«Du gehst jetzt in dein Zimmer, Ritchie», sagte der Vater. «Und keinen Ton bis zur Schlafenszeit.»

Ritchie schlich hinaus, erleichtert daß die Strafe nicht so schrecklich ausgefallen war, wie er es sich vorgestellt hatte.

Die Mutter schaute argwöhnisch von Janey zum Vater. «Was noch?» fragte sie. «Ihr könnt es mir genausogut gleich sagen, dann haben wir es hinter uns. Was ist noch passiert?»

«Janeys Mantel hat etwas abbekommen.»

«Was muß ich mir darunter vorstellen?»

«Jemand hat den Rücken von oben bis unten aufgeschlitzt.»

«Was? Janey?»

«Ich weiß nicht, wer...»

«Sind es dieselben Mädchen, von denen du mir heute morgen erzählt hast? Die hinter dir her sind?»

«Ich weiß es nicht. Ich hab nicht gesehen, wer es war.»

«Aber es liegt doch nah. Zeig ihn mir mal.»

Janey ging hinunter in ihr Zimmer und holte den Mantel. Als sie ins Wohnzimmer zurückkam, hatten die Eltern offensichtlich über sie gesprochen.

«Du bringst mich noch soweit, daß ich wieder Beruhigungspillen schlucke», sagte die Mutter und griff nach dem Mantel. Sie hielt ihn hoch. «Jesus. Oh, nein. Nein. Nein. Das ist zuviel. Den bring ich morgen in deine Schule, gleich als allererstes. Das muß vor den Direktor. Während meiner Schulzeit ist so etwas nicht vorgekommen. Was ist das bloß für eine Welt? Was für Eltern haben diese Kreaturen, daß sie so etwas tun können? Den kann man nicht mehr flikken. Jetzt müssen wir dir auch noch einen neuen Mantel kaufen, als ob wir unser Geld nicht für jede Menge anderer Sachen bräuchten.»

«Ich hab immer noch den alten.»

«Der ist dir doch viel zu klein.»

«Zur Not geht er noch.»

«Jemand wird dafür aufkommen. Ich werde die Schule morgen nicht eher verlassen, bevor ich nicht die Zusicherung habe, daß wir nicht wenigstens einen Teil des Geldes bekommen. Und wenn ich es aus eurem dämlichen Direktor herausschütteln muß. Bringen sie den Kindern heutzutage kein Benehmen mehr bei?»

Die Türglocke läutete.

«Ich mach auf», sagte Janey.

Unter der Tür stand Pearl. «Hier bin ich. Ich wollte dir helfen, die Uhr zu suchen.»

Sie stießen die Haustür mit dem kaputten Schloß auf und traten in den gelb beleuchteten Flur. Unrat lag auf dem Boden. Pearl kickte sich durch.

«Das ganze Haus hier stinkt», sagte sie. «Ich kann mir nicht vorstellen, warum du herkommen wolltest.»

«Ich mußte weg», sagte Janey. «Bei uns daheim herrscht Überdruck.»

Die Fahrstuhltür klapperte auf. «Überdruck», wiederholte Pearl leise beim Hineingehen. «Du liebst Wörter, stimmt's?»

«Muß wohl so sein.»

Die Tür rumpelte zu. «Ich nehm nicht an, daß der alte Knabe jetzt da ist.»

«Als ich gestern abend bei dir vorbeikam, war er, glaube ich, ein wenig – betrunken.»

«Betrunken? Du meinst zugekifft.»

«Also – ja – zugekifft.»

«Ich will dir was sagen. Erinnerst du dich noch, daß ich gesagt habe, er ist ausgestiegen? Daß er einfach aufgegeben hat?» Pearl parkte den Daumen auf dem Etagenknopf. «Jetzt mach schon, du dämliches Ding, beeil dich.»

«Ja», sagte Janey.

Pearl drehte sich zu ihr um. «Er hat nicht einfach so aufgegeben», sagte sie rasch. «Er hat es nicht geschafft. Er hat die Prüfungen nicht geschafft. Er konnte sich einfach nicht richtig konzentrieren und all das lernen, was er hätte lernen sollen. Und schuld daran war ich. Meine Mutter war schwanger, als sie beide noch studiert haben. Meine Mutter ist katholisch – eine Abtreibung kam für sie nicht in Frage. Das hab ich dir erzählt, oder? Also haben sie mich gekriegt. Sie ist vom College gegangen und hat sich einen Job gesucht, damit sie mich füttern und anziehen konnten. Ihre Vorstellung war, daß mein Vater sein Examen machen würde und... Aber er hat's nicht geschafft, und daß er die Prüfungen wiederholt, konnten sie sich nicht leisten. Die Story ist gut, was? Wie ich durch mein bloßes Am-Leben-Sein die Karriere meines Vaters ruiniert habe. Gefällt sie dir nicht? Ich find sie super. Dann – oh, da sind wir ja.» Die Lifttür öffnete sich, und sie gingen über den Flur zur Wohnungstür.

«Dann, als ich fünf war, fand meine Mutter, daß sie lang genug mit einem Versager gelebt hat, und verschwand. Päng. Einfach so. Weg war sie. Nicht, daß sie mich groß vermißt hätte, das glaub ich nicht. Ich war ein furchtbares Kind. Ich hab Sachen kaputt gemacht und Sachen geklaut und hatte ganz verrückte Schreianfälle.» Sie schloß die Tür auf. «Ist jemand da?» rief sie. «Nein, niemand da.»

«Das war aber doch nicht deine Schuld», sagte Janey. «Du warst doch noch ein Kind.»

«Ein ekelhafter kleiner Balg. Ein ekelhafter, böser, giftiger kleiner Balg. An ihrer Stelle hätte ich mich die Toilette hinuntergespült. Ich wäre mich irgendwie losgeworden. Ich hätte mich irgendeinem nichtsahnenden Kerl angedreht. Ich hätte nicht...» Sie schloß die Tür und sah Janey gequält an. «Ich hasse mich.»

Sie gingen in das fast kahle Wohnzimmer. Die ganze Wohnung stank nach kaltem Zigarettenrauch.

«Ich hasse dich nicht», sagte Janey. «Ich mag dich.»

«Du mußt verrückt sein.»

«Ja, ich weiß. Trotzdem –»

«Ich mach uns einen Kaffee», sagte Pearl.

Im Wohnzimmer gab es keine Vorhänge. Das Fenster ging über die ganze Wand. Die Dunkelheit draußen war durchsetzt mit den Lichtern der Stadt. Janey hatte das Gefühl, als könnte sie sich gegen das Glas werfen und sich wie Alice im Wunderland in eine völlig andere Welt befördern.

Pearl trat neben sie. Weit unter ihnen schlängelte sich ein hellerleuchteter Zug.

«Es ist ein merkwürdiges Gefühl, so hoch über den Dingen zu sein», sagte Janey. «Alles ist so – so verschoben. Es ist wie Kino. Als ob man es einfach ausschalten könnte, und das Glas würde schwarz, und alles draußen würde aufhören zu sein.»

«Du spinnst», sagte Pearl.

«Ich hab nur zuviel Phantasie», meinte Janey. Sie folgte Pearl in die Küche. «Wo ist denn dein Vater?»

«Weiß der Himmel.»

Sie gingen mit ihrem Kaffee wieder ins Wohnzimmer. Pearl setzte sich auf den Boden und zündete sich eine Zigarette an. Janey zog sich einen Klappstuhl heran. Das Fehlen von Möbeln ließ den Eindruck entstehen, als warte das Zimmer darauf, daß es bewohnt würde, oder als habe es gerade aufgehört, bewohnt zu sein. Selbst mit dem Tisch und den Stühlen und dem Sideboard mit dem Fernsehapparat darauf sah es unbewohnt aus.

Sie redeten nicht viel; es schien genug, einfach beisammen zu sein. Janey hatte Pearl mit einer Flut von Entschuldigungen überschüttet. Sie war so offensichtlich entsetzt über sich selbst, weil sie Pearl verdächtigt hatte, die Uhr gestohlen zu haben, daß Pearl sie fast mit Gewalt zum Schweigen bringen mußte.

Pearl schaute gedankenverloren hinaus in den schwarzen Himmel. «Ich wohne gern hier oben», meinte sie. «Ich würde gern allein hier wohnen. Ich wünschte, ich könnte es.» Sie schaute Janey an. «Oder mit dir. Was hältst du davon?»

«Ich weiß nicht recht. So hoch oben zu sein, ist mir nicht ganz geheuer. Es wirkt ein bißchen – unsicher.»

«Ist es aber nicht», erwiderte Pearl. «Es ist absolut sicher. Bei starkem Wind kann man zuschauen, wie das Wasser in der Toilettenschüssel herumschwappt. Die Spitzen von Hochhäusern wie diesem hier können bei Sturm bis zu fünfzehn Zentimeter schwanken. Sie sind so gebaut, daß sie das können. Man kann das Elektrizitätswerk sehen und das Posthochhaus. Den Fluß und alles. Es ist herrlich. Fast der einzige Augenblick, wo ich mich – ich weiß auch nicht – friedlich fühle, ist, wenn ich hier sitze und hinausschaue über...»

Plötzlich ließ sie den Kopf auf die Arme fallen. Lange Zeit sagte sie nichts.

Janey hockte sich neben sie. «Was ist los?»

«Nichts. Ich tu mir nur selber leid.»

«Kann ich irgendwas tun?»

Pearl schaute hoch. Ihre Wimperntusche zerfloß in körnigen Schmierern auf ihren Wangen. «Mich erschießen?»

Janey lachte. «Ich will dich nicht erschießen.»

Die Wohnungstür wurde geöffnet und zugeschlagen. Pearl kniff voller Zorn die Augen zusammen.

«Pearlie?»

Sie wischte sich mit dem Ärmel übers Gesicht.

Ihr Vater kam herein, die Arme voller Bierdosen.

«Besuch!» lallte er. «Schön. Wir können eine Party feiern.» Er schaute auf Pearl hinunter, deren Gesicht immer noch mit wässrigen Mascaraspuren überzogen war. «Was ist denn mit dir los?»

«Wo warst du?»

«Was zu trinken holen.»

«Den ganzen Tag?»

«Ich wußte nicht, daß ich um Erlaubnis fragen muß.» Er brach eine Dose aus dem Sechserpack und gab sie Janey. «Ich frag dich doch auch nicht, was du den ganzen Tag über machst.»

«Ich weiß, daß du mich nicht fragst, weil es dir scheißegal ist.»

Er hielt Pearl eine Dose hin. «Du bist ein eigenständiges menschliches Wesen, du lebst dein eigenes Leben. Erwarte nicht von mir, daß ich deine Entscheidungen treffe.»

«Ich bin erst sechzehn. Du solltest dich um mich kümmern. Du kümmerst dich nie um mich, hast es nie getan. Ich könnte tot auf der Straße liegen, und du hättest keinen Schimmer davon.»

Pearls Vater schaute Janey an und zuckte mit den Schultern. «Verstehst du sie?» Er riß die nächste Dose aus dem Pack. «Trinken wir was, das beruhigt.»

«Ich will nichts trinken.»

«Dann eben nicht.» Er zog den Ringverschluß an der Dose auf. «Tu, was du willst.»

«Warum machst du dir keine Sorgen um mich?»

Er nahm einen Schluck.

«Dad? Warum sorgst du dich nicht um mich? Weißt du, was Janeys Eltern machen würden, wenn sie bis drei Uhr morgens wegbleiben würde? Sie würden verrückt werden. Sie würden krank werden vor lauter Sorgen. Was ist los mit dir? Was hab ich getan?»

Ihr Vater sah irritiert aus. «Ich weiß gar nicht, was du willst. Du hast zu essen. Du hast was anzuziehen. Die Hexe gibt dir Geld. Niemand schreibt dir vor, was du tun sollst oder wie du sein sollst. Du mußt dich nicht anstrengen, um die Erwartungen von irgend jemand zu erfüllen. Sei einfach du selbst, Pearlie. Sei dankbar, daß nicht ständig einer hinter dir her ist. Du solltest dankbar sein.»

Sie beugte sich vor und riß ihm die Bierdose aus der Hand. Sie warf sie wie eine Granate durchs Zimmer. Bierschaum ergoß sich über den Boden. Janey zuckte zusammen, als die Dose das Fenster traf und abprallte. Wie durch ein Wunder hielt das Glas stand.

Pearls Vater stand absolut reglos da und starrte auf die auslaufende Bierdose, die über die Fliesen rollte und an einem Stuhlbein zum Halten kam. Eine Sekunde lang war sich Janey nicht sicher, ob Pearl ihn schlagen würde oder nicht. Sie zitterte, und ihr Gesicht war leichenblaß, wodurch die verschmierte Wimperntusche auf ihren Wangen noch grotesker wirkte.

«Ich hasse dich», sagte sie sehr leise, als hole sie die Wörter vom dunklen Grund ihrer Gefühle herauf. «Ich will hier nicht mehr wohnen.»

Pearl rannte aus der Wohnung. Schockiert lief Janey hinter ihr her.

«Ich muß hier weg», sagte Pearl. «Ich werd sonst noch verrückt.»

Sie gingen durch die Straßen, bis sie gefühllos waren vor Kälte.

«Ich gehe nicht zurück», sagte Pearl. «Auf keinen Fall.»

«Dann komm mit mir», schlug Janey vor. «Du kannst heute bei mir schlafen. Ich hab ein Doppelbett, es ist also genug Platz.»

«Und was sagen deine Eltern?»

«Sie haben bestimmt nichts dagegen. Wir müssen ihnen nur sagen, daß dein Vater es dir erlaubt hat. In Richmond hatte ich oft Freundinnen über Nacht – also, eine Freundin. Sie wohnt jetzt in Kanada. Sie blieb oft über Nacht. Wir sagen einfach, daß dein Vater nichts dagegen hat. Sie haben keinen Grund, uns nicht zu glauben.»

Das einzige Licht im Zimmer kam von dem elektrischen Wecker. Er zeigte 4.15 Uhr.

«Janey?»

«Was?»

«Kannst du schlafen?»

«Ich bin sehr müde.»

«Ich kann nicht schlafen. Das Bett ist verdammt unbequem.»

«Ich hab mich dran gewöhnt.»

«Mich drückt ständig was.»

«Sollen wir die Seiten tauschen?»

«Nein. Dann drückt es ja dich. Weißt du, was ich mir gerade überlegt habe?»

«Nein.»

«Ich hab mir vorgestellt, daß wir hier zusammen wohnen. Das wäre unsere Wohnung. Wär das nicht super?»

«Nicht, wenn du mich jede Nacht mit deinem Geflüster wach hältst.»

«Halt ich dich wach? Tut mir leid. Ich halt jetzt den Mund.»

«Du kannst ruhig weiterflüstern, jetzt bin ich ja ohnehin wach.»

«Ich wette, wir würden uns super verstehen. Meinst du nicht auch?»

«Wahrscheinlich. Pearl?»

«Was?»

«Als du mit Simon ausgegangen bist – ?»
«Ja?»
«Habt ihr – ich meine – habt ihr irgendwas gemacht?»
«In welcher Richtung?»
«Eben – du weißt schon – du weißt, was ich meine.»
«Du meinst Sex?»
«Ja.»
Es folgte ein peinliches Schweigen.
«Habt ihr?» fragte Janey schließlich.
«Ja.»
«Oh.»
«Bist du schockiert?»
«Nein.»
«Bist du doch. Ich hör's doch an deinem Ton.»
«Nein. Nein, bin ich nicht. Ich bin nicht schockiert.»
«Dann enttäuscht. Du denkst noch, daß Mädchen ihre Unschuld bewahren müssen. Das ist Quatsch, Janey. Wir haben ein Kondom benutzt. Weshalb dürfen Jungen Sex genießen und Mädchen nicht? Hast du je darüber nachgedacht? Richtig nachgedacht, meine ich? Hast du dich nie gefragt, warum ein Junge, der jede Menge Mädchen hat, fast ein Held ist, aber ein Mädchen, das jede Menge Jungen hat, eine Nutte?»
«Ich halte dich nicht für eine Nutte. Überhaupt nicht. Nur – bedeutet dir das denn nichts? Vom Gefühl her, meine ich. Ist für dich nur – du weißt schon – das Tun wichtig?»
«Ich laß mich nicht gefühlsmäßig ein. Nie. Mit niemand. Jungen sind für mich – einfach Spaß. Wie Boxauto fahren auf dem Jahrmarkt. Mehr sind sie nicht für mich.»
«Dann warst du auch nie verliebt?»
«Nö. Davon halt ich nichts.»
«Ich finde das traurig.»
«Wie oft warst denn du schon verliebt?»
«Noch nie. Aber irgendwann – hoffentlich – treffe ich jemanden und verliebe mich.»

«Du bist ein Idiot, Janey.»

«Ja. Wahrscheinlich hast du recht.»

«Ich habe recht. Ich weiß genau, daß ich recht habe.»

Janey seufzte, drehte sich auf die Seite und zog sich die Decke über die Ohren. «Ich finde es trotzdem traurig», sagte sie.

14. Kapitel

«Wenn Sie nicht für die Sicherheit der Kleidung in den Garderoben garantieren können, sollte jeder Schüler einen eigenen, abschließbaren Schrank bekommen.»

«Die Schüler haben Schränke für kleinere Sachen – Bücher und Taschen und solche Dinge, aber wir können keine neuen Schließfächer anschaffen, die groß genug sind für Mäntel. Unser finanzieller Rahmen ist nicht unendlich dehnbar, Mrs. Morris. Der Vorfall ist zwar bedauerlich, aber er ist ein Einzelfall. Ein Racheakt, der einfach über das Ziel hinausschoß. Wir können nicht...»

«Mich interessiert nicht, was Sie nicht können. Was Sie nicht können, weiß ich bereits, Mr. Tiler. Sie können die Mädchen nicht dazu bringen, daß sie aufhören, meiner Tochter das Leben zur Hölle zu machen.»

«Mrs. Morris, wir...»

«Lassen Sie mich ausreden. Bitte! Gegen meine Tochter läuft eine systematische Kampagne von einer Gruppe von Mädchen aus ihrer Klasse. Sie hat darin gegipfelt, daß ein teurer Mantel so sehr beschädigt wurde, daß er nicht mehr geflickt werden kann. Ich möchte wissen, was Sie in dieser Sache zu tun beabsichtigen.»

Der Direktor öffnete den Mund, bekam jedoch keine Chance, etwas zu sagen.

«Meine Tochter hat in ein paar Monaten Prüfung. Können Sie sich vorstellen, welche Auswirkungen so etwas auf ein Kind haben kann? Ich werde nicht zulassen, daß die Zukunft meiner Tochter ruiniert wird durch administrative und pädagogische Inkompetenz, die es den Kindern durchgehen läßt, wenn sie Amok laufen.»

«Sie laufen nicht Amok, Mrs. Morris», sagte Miss Sutherland. «Der Vorfall ist höchst ungewöhnlich – höchst ungewöhnlich. Wenn ich nur gewußt hätte – wenn mir...»

Janey saß neben ihrer Mutter vor dem Schreibtisch des Direktors, auf dem Schriftstücke und Akten wie ein Schutzwall aufgestapelt waren. Miss Sutherland tat ihr leid. Die Lehrerin stand mit dem Rücken zum Aktenschrank, sah mehr denn je aus wie eine Zwölfjährige und hatte keinen Schreibtisch vor sich, hinter dem sie sich verstecken konnte.

Janeys Mutter brachte sie mit einem Laserblick zum Schweigen. «Gehört das nicht zu Ihren Aufgaben, Miss Sutherland, daß sie Bescheid wissen? Ist dazu nicht eine Klassenlehrerin da?»

Natürlich war Janey die ganze Situation mehr als peinlich, doch sie hörte nicht ohne Stolz, wie ihre Mutter mit Worten und Argumenten jonglierte. Falls der Direktor geglaubt hatte, er könnte sie mit ein paar mehrsilbigen Wörtern einschüchtern, mußte er inzwischen schon eingesehen haben, daß dies ein Irrglaube gewesen war. Rhetorisch war Janeys Mutter kaum zu schlagen.

«Janey ist noch relativ neu an der Schule, Mrs. Morris. Wäre sie schon länger bei uns, hätte sie gewiß soviel Vertrauen gehabt, daß sie sich mit ihren Problemen an ihre Klassenlehrerin gewandt hätte. Da bin ich ganz sicher.»

«Oh, ich verstehe, dann ist es also ihre Schuld? Wollten Sie das sagen?»

«Schuld kann hier niemandem zugewiesen werden. Der Kommunikationsfluß war gestört, und dies...»

«Ich verlange, daß die Mädchen bestraft werden. Nicht, daß man mit ihnen spricht. Bestraft. Ich verlange, daß die Eltern schriftlich über den Vorfall informiert werden und man eine angemessene Entschädigung von ihnen fordert, damit ich meiner Tochter einen neuen Mantel kaufen kann. Habe ich mich deutlich genug ausgedrückt, Mr. Tiler? Denn falls ich auf dieser Ebene nicht zu meinem Recht komme, werde ich eine Stufe höher gehen.»

«Wir werden alles tun, was in unserer Macht steht...»

«Mr. Tiler, ich arbeite bei der Stadtverwaltung, ich weiß, was diese Floskel bedeutet. Sie bedeutet, daß Sie überhaupt nichts zu tun beabsichtigen...»

«Mrs. Morris, bitte haben Sie Verständnis. Ich werde der Angelegenheit auf den Grund gehen. Auf den Grund, aber ich kann und will mich nicht dazu hinreißen lassen, Schüler zu bestrafen, ohne daß ihnen schuldhaftes Verhalten nachgewiesen werden kann.»

Janey war auf ihre eigenen rhetorischen Fähigkeiten eigentlich immer ganz stolz gewesen, doch bei diesem Schlagabtausch konnte sie nur neidisch zuhören.

«Janey.» Sie zuckte zusammen, als der Direktor sie plötzlich ansprach. «Kannst du mir zweifelsfrei den Namen derjenigen nennen, die deinen Mantel mit dem Messer attakiert hat?»

«Das nicht gerade...»

«Sehen Sie, Mrs. Morris?»

«Aber Janey kennt die Mädchen, die in Frage kommen. Eine davon muß etwas gesehen haben. Eine muß wissen, welche von ihnen ein Messer mit sich herumträgt.»

«Das einzige Mädchen, das ich hier an der Schule mit einem Messer gesehen habe, ist Pearl Silvera», sagte Miss Sutherland.

Der Direktor sah sie an, als sei der Name Pearl Silvera der schlimmste aller Flüche.

«Sie war es nicht», sagte Janey.

«Ich wollte sie auch nicht...» Unter dem strengen Stirnrunzeln des Direktors wurde Miss Sutherland immer kleiner. «Ich – ich wollte sagen, ich weiß, daß Janey und Poppy Safe diverse Auseinandersetzungen hatten – und – und es war offensichtlich, daß eine Reihe anderer Mädchen – Freundinnen von Poppy Safe – Janey mit – Janey nicht – Janey nicht zu akzeptieren schienen.»

«Wenn Sie eine Liste der Mädchen erstellen, die daran beteiligt gewesen sein könnten, werde ich sie alle einzeln befragen. Könnten Sie das bitte gleich tun, Miss Sutherland – und mir Poppy sofort hereinschicken.»

Miss Sutherland schlüpfte, nachdem sie ihr Gesicht für Janeys Mutter in entschuldigende Falten gelegt hatte, unter der Bürotür des Direktors durch, ohne sie zu öffnen – diesen Eindruck hatte Janey jedenfalls.

Der Direktor beugte sich über die Ordnertürme. «Für diese – wie wollen wir sie nennen? – Racheakte gibt es ausnahmslos immer einen Grund, auch wenn der Vorfall, der sie ausgelöst hat, noch so unbedeutend ist. Der Funke ist immer da. Janey, hast du eine Ahnung, weshalb Poppy und ihre Freundinnen dich nicht mögen?»

Ja, dachte Janey, das weiß ich ganz genau. Weil ich mit Pearl Silvera befreundet bin.

«Na ja, bei dem Hockeyspiel letzte Woche habe ich Poppy versehentlich angerempelt, und wir verloren das Spiel. Ich glaube, Poppy denkt, ich hätte das absichtlich getan.»

«Aber Miss Sutherland meint doch, daß die Feindseligkeiten weiter zurückgehen. Fällt dir noch irgendein früherer Vorfall ein?»

«Ich weiß nicht.» Janey versuchte, intelligent und ehrlich dreinzuschauen, damit ihr «Ich weiß nicht» eher nach Unschuld aussah als nach Dummheit. «Ich habe nicht sehr viel mit den anderen zusammen unternommen.»

«Janey hatte ihre eigene Gesellschaft immer am liebsten. Nicht wahr, Janey?» sagte die Mutter.

«Manchmal.»

«Du solltest dich den anderen aber anschließen», meinte der Direktor. «Es ist nicht gut, wenn man sich so isoliert. Wenn die anderen denken, daß du sie bewußt meidest, ist die Wahrscheinlichkeit, daß sie dich nicht mögen, groß. Du legst es doch nicht darauf an, daß man dich nicht mag, oder?»

«Natürlich nicht. Es fällt mir nur nicht so leicht, mich den anderen anzuschließen, denke ich.»

Der Direktor lehnte sich zurück. «Ich nehme an, wir haben es hier mit typischen Anlaufschwierigkeiten zu tun. Janey ist neu an der Schule, sie hat einen etwas anderen Akzent, ist eher in sich gekehrt, ist intelligent und lernfreudig, hat aber ihre Probleme, sich in die bestehenden Gruppen einzufügen. Das ist nichts Ungewöhnliches. Wenn ich mir ein paar der Mädchen aus ihrer Klasse vorgeknöpft habe, wird die ganze Sache sicher bald vergessen sein, und im nächsten Jahr …»

«Mr. Tiler, was ist mit dem Mantel?»

«Wir können nur darauf hoffen, daß das Mädchen, das es getan hat, sich freiwillig meldet, oder daß jemand, der den Vorfall beobachtet hat, mit der Sprache herausrückt. Ehrlicherweise – und traurigerweise – muß ich gestehen, daß meine Hoffnungen nicht sehr groß sind. «

Janeys Mutter stand auf. «Aha.»

«Sie müssen verstehen, in welcher Lage ich mich befinde, Mrs. Morris.»

«Ich glaube, ich verstehe sehr gut, in welcher Lage Sie sich befinden, Mr. Tiler.»

Er erhob sich ebenfalls. «Vielleicht – eine private Haftpflichtversicherung? Haben Sie eventuell eine Versicherung, die für einen solchen Schaden aufkommt? Viele kommen dafür auf, heutzutage, glaube ich.»

Janeys Mutter nahm ihren Mantel und den Aktenkoffer. «Sie haben mich nicht überzeugt. Mr. Tiler.»

«Ich werde mit sämtlichen in Frage kommenden Mädchen heute noch reden, das verspreche ich Ihnen, und falls irgend etwas dabei herauskommt, werde ich Sie sofort davon in Kenntnis setzen.»

Sie schüttelten sich routinemäßig die Hände.

Als Janey mit ihrer Mutter zum Ausgang ging, kam Poppy gerade den Flur herauf. Poppy ging an ihnen vorbei, als existierten sie überhaupt nicht. Janey sagte nichts. An der Tür fragte sie: «Was geschieht jetzt?»

Die Mutter zuckte mit den Schultern. «Nichts, nehme ich an.» Sie schaute zum grauen Himmel hinauf. «Sieht so aus, als gäbe es bald Regen. Wir müssen einen neuen Mantel für dich beschaffen. Sie werden nichts rauskriegen. Ich denke aber, daß es ihnen eine Lehre sein wird. Zumindest sollten sie dich von jetzt an in Frieden lassen. Mein Vorschlag ist, daß du dir ein paar Freunde suchst – vorzugsweise Kerle wie Schränke mit Schlagringen. Isolier dich nicht so.»

«Ja, okay.»

«Wir sehen uns dann heute abend. Schau nicht so geknickt. Wir können uns einen neuen Mantel für dich leisten; du brauchst nicht in einem Sack herumzulaufen. Und ich glaube wirklich nicht, daß diese Poppy und ihre Freundinnen dich noch mal dumm anmachen.»

«Hoffentlich nicht», meinte Janey.

An diesem Tag ging eine kaum merkliche Veränderung vor sich. Offene Feindseligkeiten wurden durch eisiges Schweigen ersetzt. Auf eine Art war es besser, doch auf eine andere war es beunruhigender. Janey hatte das Gefühl, als sei ein Deckel über den Haß gelegt worden. Sie kam sich vor, als stünde sie vor einem Dampfkochtopf, der jeden Augenblick explodieren konnte. Aber sie mußte nur noch diesen einen Tag überstehen, dann war Wochenende, und sie hatte für eine Weile Ruhe.

Janey stand hinter dem Verkaufstresen und beobachtete mit wachsendem Vergnügen den bühnenreifen Auftritt eines bestimmten Kunden. Wenn es nicht gelegentlich solche Kunden gegeben hätte, wären die Samstage im Laden nicht zum Aushalten gewesen.

Der junge Mann – sie nahm an, daß er knapp zwanzig war – drückte sich vor dem Zeitschriftenregal herum. Und zwar auf genau die unverwechselbare Art, die Janey inzwischen kannte. Er wartete darauf, daß der Laden leer wurde, damit er sich einen Porno greifen konnte. Die oberste Reihe im Regal war voll davon. Janey versuchte sie zu ignorieren. Am Anfang war sie ein bißchen neugierig gewesen, doch damit war es vorbei, seit sie ein Heft kurz durchgeblättert hatte. Die verkrampften Posen und seltsamen Kleidungsstücke. Das einzementierte Lächeln. Der Viehmarkt-Effekt von Frau neben Frau neben gesichtsloser Frau. Es war lächerlich. Sie verstand nicht, wie irgend jemand das sexy finden konnte. Und doch schlüpften genügend Männer in den Laden und mit einem Armvoll Pornos wieder hinaus – der Beweis, daß irgend jemand anscheinend doch etwas davon haben mußte. Wahrscheinlich der Herausgeber, dachte Janey.

Der Laden leerte sich nach und nach. Der junge Mann schaute sich ein Hifi-Magazin an. Der letzte Kunde ging hinaus, und er griff ins oberste Regal. Wie auf ein Stichwort hin kam Pearl herein. Er ließ den Arm sinken. Sie blieb neben ihm stehen und betrachtete die Zeitschriften in der obersten Reihe. Sie stellte sich auf die Zehenspitzen und holte ein Magazin herunter. «Hier», sagte sie und drückte es ihm in die Hand, «damit kannst du dich ins Koma wichsen.»

Er wurde rot. Er ließ das Magazin fallen und ging rasch hinaus. Pearl hob es auf. Sie schlug die mittleren Seiten auf und betrachtete sie kritisch mit gekräuselten Lippen. «Nette Figur», stellte sie fest», aber ein bißchen schlaff.» Sie stellte das Heft zurück ins oberste Regal.

«Wie geht's?» fragte Janey.

«Bißchen langweilig.»

«Du kannst hier für mich übernehmen.»

«So langweilig ist mir auch wieder nicht. Was machst du heute abend?»

«Bert hat mich zu sich zum Essen eingeladen. Eine Art Dankeschön-Essen. Anscheinend denkt er, ich hätte mir was verdient. Ich verspreche ihm laufend, daß ich ihn oft besuchen komme, auch wenn wir ausgezogen sind.»

«Ach ja, ihr zieht ja nächsten Samstag um. Sag mir Bescheid, wenn ich helfen kann.»

«Und was ist mit dir?»

Pearl zuckte mit den Schultern. «Ich bin wieder nach Hause gegangen, wenn du das wissen willst. Wo hätte ich sonst hin sollen? Ich kann schließlich nicht die ganze Zeit bei dir bleiben. Und ich will auch nicht im Obdachlosenheim landen oder in einem Pappkarton schlafen, und der alte Sack läßt mich wenigstens in Frieden.

Es sei denn...» Sie befingerte die Kaugummipäckchen in einem Ständer auf dem Tresen. «... es sei denn, wir beide könnten was zusammen kriegen. Hast du schon mal ans Ausziehen gedacht, daran, von deinen Eltern wegzukommen?»

«Ich bin nicht alt genug», sagte Janey.

«Aber bald wärst du es. Stimmt's?»

«Ja – aber – ich hab nie richtig darüber nachgedacht. Ich meine – von zu Hause ausziehen?»

«Überleg's dir», sagte Pearl. «Das könnte super werden.»

«Wovon würden wir leben?»

«Wir suchen uns Jobs. Irgendwelche Jobs. Spielt keine Rolle, was wir machen.»

«Ich will aufs College – ich meine – ich hatte eigentlich nicht vor...»

«Vergiß es.» Pearls Züge wurden hart. «Vergiß, daß ich davon angefangen habe. Okay?»

Janey wußte nicht, was sie sagen sollte. Der Gedanke, zusammen mit Pearl eine eigene Wohnung zu haben, war verlockend, doch Janey erkannte sofort, daß es sie soweit aus der Bahn werfen würde, daß sie sich vielleicht nie mehr würde berappeln können.

Ein Trupp Kinder kam in den Laden, die Süßigkeiten aus den großen Gläsern verlangten. Als Janey sie abgefertigt hatte und sich wieder umschaute, war Pearl verschwunden.

Mr. Dawn kam aus dem Lager. «Ich hab's dir doch schon hundertmal gesagt – nicht mehr als zwei Kinder gleichzeitig hier drinnen.»

«Ich hab aufgepaßt», erwiderte Janey schroffer als sonst.

«Du kannst nicht auf alle aufpassen. Ich hab's dir schon hundertmal gesagt. Ich nehme an, daß du besser auf mich hören würdest, wenn dir alles, was gestohlen wird, vom eigenen Lohn abgezogen würde.»

Sie baute sich vor ihm auf. «Sie machen mich krank», sagte sie.

Er pumpte sich auf wie ein Frosch. «Du unverschämte Göre –»

«Rutschen Sie mir doch den Buckel runter.» Sie ging an ihm vorbei, zog ihren alten Mantel vom Haken an der Tür zum Lager und verließ den Laden. Der Geschmack von Freiheit machte sie stark, und sie lachte laut.

Sie lief die Straße hinunter. Pearl stand vor dem Schaufenster eines Schallplattengeschäfts und betrachtete die Auslagen. Der Rauch einer Zigarette umringelte sie in der kalten Luft.

«Ich wurde gerade entlassen», verkündete Janey. «Ich hab den Bettel hingeschmissen. Ich habe der Schweinebacke gesagt, daß sie mich krank macht. Ich hab ihm gesagt, er kann mir den Buckel runterrutschen.»

«Du kommst ein Stück weit aus deinem Schneckenhaus heraus, wie?»

«Das macht dein guter Einfluß. Was machst du heute abend?»

«Weiß nicht.»

«Komm zu uns. Ich sage Bert, daß wir beide kommen. Er wollte irgendwas Goulaschiges machen, das läßt sich leicht verlängern.»

«Mußt du wieder was gegen deine Schuldgefühle tun?»

«Nein. Wie oft muß ich dir noch sagen, daß ich dich mag, bevor du mir endlich glaubst?»

Pearl drückte den Daumennagel zwischen die Schneidezähne. Sie schaute Janey von der Seite her an. «Wann soll ich kommen?» fragte sie.

Zur Feier des Tages hatte Bert die großen Falttüren geöffnet, die das vordere Zimmer von dem, was er sein mittleres Zimmer nannte, trennten – der Raum, dessen Fenster auf den wilden Garten hinauszeigten, was man aber nicht sehen konnte, da die Vorhänge immer zugezogen waren. Sie hatten an einem großen alten Tisch gegessen, umgeben von wuchtigen dunklen Möbeln, die so aussahen, als entstammten sie einem vergilbten viktorianischen Gemälde.

Nach dem opulenten Mahl hatten sie das schmutzige Geschirr im mittleren Zimmer weggeschlossen und räkelten sich jetzt im vorderen Zimmer in satter Zufriedenheit. Herbert saß in seinem Ohrensessel. Janey lümmelte sich auf der staubigen alten Couch, während Pearl im Schneidersitz auf dem Boden saß und sich an ihre Beine lehnte.

Sie tranken Sherry aus winzigen, blütenförmigen Gläsern. Herbert erzählte glücklich von seiner Zeit in Indien. Janey war zu satt, um mitzuschreiben.

«... und dann setzten sie uns in einen Zug, der uns zum Übergangslager in Deolali bringen sollte.»

«Deolali?» fragte Pearl. «Ich wußte nicht, daß das ein Ort ist. Ich dachte immer, ‹deolali› bedeutet einfach plemplem.»

«Das dachten wir auch. Aber es gibt tatsächlich einen Ort, der so heißt. Furchtbar heiß – die Hitze hat die Männer um den Verstand gebracht. Daher kommt der Ausdruck.»

«Interessant», meinte Pearl.

«Was hast du in Deolali gemacht?» fragte Janey. Sie hatte den Kopf auf die Couchlehne gelegt und schaute hinauf zu den kunstvollen Stuckornamenten, die sich unterhalb der Decke an den Wänden entlangzogen.

«Nicht viel. Wir wurden zu einem Außenposten verlegt nach Nowgong. Es war während der Monsunzeit. Das Gras wurde über Nacht grün. Dann haben wir immer die Pferde losgelassen. Stellt euch mal fast dreihundert Pferde vor, die durchs Lager Richtung Dschungel galoppieren.» Er seufzte. «Wir haben ihnen eine Woche Zeit gegeben, damit sie wieder zurückkommen können. Die meisten sind wiedergekommen – sie haben ihren Weizen und Hafer vermißt. Nach einer Woche sind wir dann losgezogen und haben die anderen gesucht. Wir haben sie immer alle wiedergekriegt. Die Einheimischen haben gar nicht erst den Versuch gemacht, sie zu klauen.»

«Ich würde gern mal nach Indien gehen», sagte Pearl. «Ich würde unheimlich gern reisen.» Sie drückte ihre Zigarette aus und zündete sich fast im selben Augenblick die nächste an. «Kommt, wir fahren alle nach Indien. Jetzt gleich.»

«Ich kann nicht», sagte Janey. «Ich muß am Montag wieder in der Schule sein.»

«Vergiß die Schule – vergiß alles. Janey? Janey?» Sie packte Janeys Handgelenk und schüttelte es. «Komm mit mir nach Indien.»

«Ja, okay, wenn du willst. Aber nicht gleich. Ich bin noch zu voll.»

«Du bist hoffnungslos», sagte Pearl. «Aber du kommst mit, Bert, ja? Kümmern wir uns nicht um die lahme Ziege hier. Wir beide gehen.»

Herberts Augen funkelten. «Du bist vielleicht eine! Wenn ich bloß noch deine Energie hätte. Wenn ich bloß deine Zukunft hätte. Ich hab meine Zukunft schon hinter mir.»

«Erzähl weiter von Indien», bat Pearl.

«Von Nowgong gibt's nicht viel zu erzählen. Da ist nicht viel passiert, außer daß wir alle irgendeinen Sport machen mußten. Daran erinnere ich mich noch. Fußball – Kricket – Hockey oder Handball. Kricket hab ich gehaßt, aber Hockey hat mir gefallen – vor allem während dem Monsun, wenn das Wasser auf dem Platz einen halben Meter hoch stand.»

«Mir gefällt Hockey auch», sagte Pearl.

«Mir nicht», meinte Janey schläfrig.

«Du bist zu – wie heißt das Wort? Geistreich? Nein, das ist es nicht.»

«Vergeistigt», sagte Janey.

«Richtig, vergeistigt. Du bist zu vergeistigt. Deine Kinder kommen mal mit riesigen Köpfen auf die Welt und fast ohne Körper.»

«Ich will keine Kinder.»

«Nein? Ich aber. Ich will jede Menge», sagte Pearl.

«Wozu?»

«Ich weiß nicht. Ich will es einfach. Und ich will heiraten in...»

«Heiraten?»

«Ja.» Sie drehte sich zu Janey um. «Heiraten.» Sie legte den Kopf auf Janeys Knie. «In einer Kirche mit einem langen weißen Kleid.

Das weiße Kleid hab ich an, nicht die Kirche. Das ist doch nichts Ungewöhnliches, wenn man sich das wünscht. Oder, Bert?»

«Ganz gewiß nicht.»

«Es klingt einfach nicht nach dir», meinte Janey.

«In jeder Garnisonsstadt in Indien gab es eine typisch englische Kirche», erzählte Bert. «Sonntags sind die Truppen hineinmarschiert mit ihren Gewehren und fünfzig Schuß Munition. So war es zumindest vorgeschrieben, aber meistens sind wir nur mit dem ledernen Gurtband gegangen mit nur ein paar Schuß. Vor jeder Bank waren Gewehrständer.»

«Warum mußtet ihr die Gewehre mit in die Kirche nehmen?» wollte Pearl wissen.

«Damit sie den Pfarrer erschießen konnten, wenn er langweilig gepredigt hat», meinte Janey.

«Seit der großen Meuterei haben die Truppen Gewehre getragen», sagte Bert. «Sie war ausgebrochen, während die Truppen in der Kirche waren. Ich erinnere mich noch, wie der Koch mal am Sonntag verschlafen hat und wir kein Frühstück bekamen, bevor wir in die Kirche marschiert sind. Du kannst mit Truppen machen, was du willst, solang du sie regelmäßig abfütterst, aber wenn sie mal kein Frühstück kriegen... Also, genau an dem Sonntag kam der Pfarrer nicht, und der diensthabende Offizier – einer aus einem anderen Regiment – mußte den Gottesdienst halten. Du kommst mir gerade recht, dachte ich, und ließ weitersagen, daß wir nicht singen. Soll der alte Haudegen doch sehen, wie er allein zurechtkommt. Und er hat die Choräle alle solo gesungen».

Bert lachte in der Erinnerung daran. «Nach dem Gottesdienst hat er den Sergeant gefragt, was los sei, und der hat ihm gesagt, daß wir kein Frühstück gehabt hatten. Dann hab ich nur noch gesehen, wie der Heini davonmarschiert ist, um sich den Koch vorzuknöpfen. Die Hölle hat er ihm heiß gemacht. Ich kann mich nicht erinnern, daß das Frühstück je wieder zu spät fertig war.»

«Du warst ein ganz schön ausgekochter Knochen, als du jünger warst, was?» meinte Pearl.

«Anders geht es nicht. Nicht, wenn man jung ist. Da muß man die alten Zöpfe abschneiden. Den Oberen eine lange Nase machen. Sonst ändert sich nichts. Jede Generation muß ein Stück weiterkommen.»

«Richtig», sagte Pearl. «Ich würde am liebsten soweit kommen, daß ich das ganze Land hier auf den Mond schieße.»

Janey streckte schon halb im Schlaf die Hand aus und tätschelte Pearls Arm. «Ja, tu das mal», murmelte sie.

Pearl sah sie an. «Das werde ich auch. Keine Sorge, das werde ich ganz bestimmt.»

15. Kapitel

Fünf Tage vor dem Umzugstermin kam sich Janey vor wie ein Tier in der Falle. Je mehr sie zappelte und sich anstrengte, desto fester hielten die verbleibenden Tage sie. Sie hatte ihre Bücher eingepackt, um etwas Positives zu tun – etwas, das als Beweis herhalten konnte, daß sie dieses enge, merkwürdig riechende Haus tatsächlich hinter sich lassen würden. Sie hatte sich überlegt, ob sie auch ihre Kleider schon einpacken sollte, und hatte auch ihrer Mutter den Vorschlag gemacht, doch die hatte gemeint, sie solle sich noch ein wenig gedulden.

Am Sonntag war sie zur Trebourne Avenue gegangen und hatte sich von der gegenüberliegenden Straßenseite aus das neue Haus angeschaut. Am liebsten hätte sie an der Tür geläutet, wenn ihr etwas eingefallen wäre, was sie zu der alten Dame hätte sagen können. Kann ich hereinkommen und mich noch einmal umschauen? Kann ich Ihnen beim Packen helfen? Könnten Sie ihren Krempel nicht etwas eher als abgemacht hier rausschaffen? Wohl kaum.

Sie hatte beschlossen, ihren Eltern noch nicht zu sagen, daß sie ihren Job verloren hatte, sondern bessere Zeiten abzuwarten – zum

Beispiel während des Umzugs, wo keiner genügend Atem hatte, um lang Fragen zu stellen, und sie nichts erfinden mußte.

Am Montag morgen hatte sie halb die Befürchtung, daß Poppy und die Clique sie am Schultor abpaßten. Doch sie taten es nicht. Janey ging ins Klassenzimmer. Die meisten waren bereits da, aber es trafen sie nicht einmal die sonst üblichen verächtlichen Blicke, als sie an ihnen vorbei auf ihren Platz ging. Es war, als habe sie aufgehört zu existieren. Das war eine Erleichterung, doch eine mit Haken.

Der Tag war kalt und klar. Während der Mittagspause saß Janey mit dem Rücken zu einem Heizkörper im Klassenzimmer, aß ihre Vollkornbrote und las ein Buch. Das asiatische Mädchen, das sich angeboten hatte, den Schrank mit ihr zu teilen, kam herein.

«Wir gehen ins Einkaufszentrum. Möchtest du mitkommen?»

Janey schenkte dem Mädchen ihr freundlichstes Lächeln. «Lieber nicht, danke.» Das Mädchen nickte und ging wieder hinaus. «Danke, daß ihr mich gefragt habt», rief Janey ihr hinterher. Es war nicht so, daß sie das Mädchen nicht sympathisch fand, aber gleich mit allen irgendwo hingehen ... Die Gruppe, die immer zusammen war, bestand aus ungefähr sieben Mädchen. Da wäre sie wieder in der Situation, Freundschaften en Masse knüpfen zu müssen. Und dazu hatte sie im Moment einfach keinen Nerv.

Sie schälte ihre Orange. Sie legte das Buch mit den aufgeschlagenen Seiten nach unten in ihren Schoß, während sie die weißen Fasern von den einzelnen Orangenspalten abzog. Als die Klassenzimmertür aufging, schaute sie nicht auf, falls es eine aus Poppys Clique war.

«Du ißt eine Orange.»

Janey strich sich die Haare aus dem Gesicht. Es war Georgie Sheldon.

«Ja.»

«Man riecht es.»

«Ich nehm es an.»

Georgie kam näher. Sie war nervös. «Es ist kalt draußen.»

Janey machte sich nicht die Mühe, etwas darauf zu sagen.

«Du ißt wohl eine Menge Obst, was?»

«Ich weiß nicht, was du unter einer Menge verstehst. Ich esse Obst, ja. Nimm dir, wenn du etwas davon möchtest.»

«Nein, danke. Ich mag kein Obst.» Georgie versuchte, sich auf das Fenstersims zu hieven. Nach drei oder vier Versuchen gab sie es auf. Janey nahm ihr Buch und las weiter.

«Was liest du?»

Janey hielt das Buch hoch. «Sidonie-Gabrielle Colette, Geträumte Sünden», las Georgie. «Ist das gut?»

«Ziemlich.»

«Du liest eine Menge Bücher, was?»

«Ich versuche es.»

Georgie hatte keine Antenne für Ironie. «Ich lese Zeitschriften», sagte sie vertraulich. «Mir gefallen die Geschichten in den Zeitschriften. Ich finde, sie sind gut. Interessant. Ein paar davon.» Sie warf Janey einen schnellen Blick zu. «Ich hab ihnen gesagt, daß du nicht mehr mit Pearl Silvera befreundet bist.»

«Ich bin es wieder.»

«Was?»

«Du darfst doch eigentlich gar nicht mit mir reden, oder? Was ist, wenn Poppy dich erwischt?»

«Sie sind bei McDonald's. Ich bin nicht mitgegangen.»

«Ach, nein?»

«Nein. Ich glaub, ich hab mich erkältet. Mir ist so komisch.»

«Du solltest Obst essen.»

«Ich wollte dich warnen.»

Janey schaute Georgie über den Rand ihres Buches hinweg an. Georgie sah aus, als wüßte sie nicht, auf welche Seite sie sich stellen sollte.

«Wovor wolltest du mich warnen?»

«Es ist noch nicht sicher», sagte Georgie, «aber möglicherweise führen sie was im Schild. Ich hab gehört, wie Poppy darüber geredet hat.»

«Worüber?»

«Daß sie dich kriegen wollen. Sie kann – also, manchmal ist sie ein bißchen verrückt. Ich meine, sie ist meine Freundin und alles, aber – aber wenn du es vielleicht einem Lehrer sagst, unternimmt sie nichts. Wenn sie weiß, daß sie ein Auge auf sie haben.»

«Ich habe keine Angst vor Poppy.»

«Sie hat von ihrem Bruder gesprochen. Ihr Bruder ist – ihr Bruder ist ein bißchen merkwürdig.» Georgie kreuzte die Arme vor der Brust. «Ich hab nur gedacht, ich sag's dir.»

«Danke.»

«Ich hab's dir gesagt. Richtig?»

«Richtig.»

Georgie verließ das Klassenzimmer, und Janey las weiter.

Es war relativ einfach, so zu tun – vor anderen Leuten so zu tun –, als kümmere Poppy sie nicht. Es war relativ einfach, an ihr vorbeizugehen, ohne sie eines Blickes zu würdigen. Die Schwierigkeit lag darin, sich selbst zu überzeugen, daß es total gleichgültig war, was Poppy im Schild führte. Janey hatte Poppys Bruder einmal gesehen – er besuchte die Jungenschule ganz in der Nähe. Sie hatte nicht den Eindruck gehabt, als sähe er merkwürdiger aus als die anderen.

Die innere Anspannung wurde immer größer, und bis zum Dienstag war Janey in dem Stadium, wo man sich ständig nach hinten umschaut. Sie sehnte sich fast danach, daß Poppys Rache über sie kam. Wenigstens hätte dann diese nervenaufreibende Warterei ein Ende. Doch nichts geschah.

Während der Mittagspause am Mittwoch stattete Pearl der Schule einen ihrer seltenen Besuche ab.

«Wie wäre es – hast du Lust, heute nachmittag zu mir zu kommen?» fragte sie. «Laß den Sport ausfallen.»

«Sie werden merken, daß ich nicht da bin.»

«Ja und? Sag einfach, dir ist übel geworden. Sag ihnen, daß du nach Hause gegangen bist.»

«Sie werden eine Entschuldigung verlangen.»

«Du suchst ständig nach Ausreden, was? Entschuldigungen sind kein Problem. Morgen sagst du ihnen, daß du die Entschuldigung daheim vergessen hast. Dasselbe tust du am Freitag. Wenn sie es bis Montag noch nicht aufgegeben haben, sagst du, sie ist beim Umzug verlorengegangen, aber du wirst deine Mutter bitten, eine neue zu schreiben. Du giltst doch als superbrav, dir glauben sie alles. Und früher oder später ist es ihnen zu blöd, noch weiter danach zu fragen. Wirklich kein Problem. Komm schon, Janey, mach einmal in deinem Leben etwas Spontanes.»

«Okay.»

«Du kommst also?»

«Ja. Aber können wir vorher noch kurz bei mir vorbeigehen? Ich will ein bißchen Geld holen. Wenn ich schon die Schule schwänze, kann ich auch ein paar Einkäufe erledigen. Das wollte ich ohnehin irgendwann.»

«Was willst du kaufen?»

«Ein Paar schwarze Jeans, wie du sie trägst. Und ein bißchen Make-up. Ich hab genug Geld gespart. Hilfst du mir beim Aussuchen der Schminksachen? Ich hab lang genug ausgesehen wie eine graue Maus. Jetzt will ich mal ganz irre aussehen.»

Sie waren in Pearls Zimmer. Pearl saß auf der Bettkante. Janey kniete zwischen ihren Knien und hatte den Kopf in den Nacken gelegt, damit Pearl Lidschatten auftragen konnte. Silbrigblau. Janey betrachtete sich in dem kleinen länglichen Spiegel.

«Irre genug?» fragte Pearl.

«Super», urteilte Janey. «Was jetzt noch?»

«Lippenstift.»

Janey malte sich die Lippen in einem so leuchtenden Rot an, daß es fast schon metallisch schimmerte.

Sie erhob sich. «Ich brauche einen Spiegel, in dem ich mich ganz sehe», sagte sie. «Sitzen die Jeans?»

«Einwandfrei. Gehst du so nach Hause?»

«Witzbold. Meine Mutter würde mich umbringen.»

«Feigling.»

«Sehr richtig, aber du kennst meine Mutter nicht. Ich kann mir jetzt schon ihr Gesicht vorstellen, wenn sie heimkommt und sieht, daß ich aussehe wie eine... eine...»

«Eine Ich?»

«Eine Du. Sie würde höchstwahrscheinlich meine Zimmertür verrammeln und mich nicht mehr in deine Nähe lassen.»

«Schade. Du siehst nämlich super aus.» Pearl stand auf. «Komm, laß uns rausgehen.»

«Wohin?»

«Nirgendwo hin. Einfach raus. In die Stadt.»

Janey grinste. Sie griff nach ihrem Mantel. «Du übst einen schrecklichen Einfluß auf mich aus, Pearl Silvera. Weißt du das?»

«Ich versuche es zumindest», erwiderte Pearl. «Ich versuche mein Bestes.»

Miss Sutherland war sehr mitfühlend, als sie am Donnerstag morgen von Janeys Übelkeit hörte. Janey war beim Lügen nicht wohl in ihrer Haut, doch die Erinnerung an den Mittwochnachmittag ließ das ungute Gefühl rasch wieder verschwinden. Sie und Pearl waren mit dem Bus zum Trafalgar Square gefahren und hatten einige Stunden damit zugebracht, durch die Kaufhäuser entlang Piccadilly und Oxford Street zu bummeln. In einem Kaufhaus waren sie sogar von zwei Jungen angesprochen worden, die fragten, ob sie am Abend schon etwas vorhätten. Sie gaben ihnen einen Korb, aber Janey fand es absolut irre, daß sie angesprochen worden war.

«Daran gewöhnst du dich», hatte Pearl gemeint. Eine halbe Stunde hatten sie auch in der größten Buchhandlung Londons zugebracht. Dann waren sie in die Rush-hour geraten, und Janey war gerade noch rechtzeitig nach Hause gekommen, um ihr Make-up abzuwaschen, bevor der Vater heimkam. Zum Glück war Ritchie bei einem Freund gewesen, so daß niemand sie in voller Kriegsbemalung gesehen hatte.

An diesem Nachmittag hatte Pearl ihr auch von ihren Plänen für die nahe Zukunft erzählt. «Ich hab es satt, auch nur so zu tun, als ginge ich noch in die Schule. Ich komme im neuen Jahr nicht mehr wieder. Das ist beschlossene Sache. Ich werde reisen. Ich werde durch Europa trampen. Wenn möglich bis nach Indien. Man kann sich immer ein bißchen Geld mit Kellnern verdienen, und auf dem Kontinent kriegst du auch Geld fürs Blutspenden. Und man kann bei der Weinlese helfen und als Zimmermädchen arbeiten. Kein Problem. Warum kommst du nicht mit, Janey?»

Janey hatte gelächelt. «Schick mir aus jedem Land eine Postkarte», hatte sie gesagt.

«Ich geh nicht für immer. Vielleicht sechs Monate. So in der Richtung.»

«Wenn du zurückkommst, kannst du mir erzählen, was du alles erlebt hast.»

«Es wird dich nicht interessieren. Wenn ich kein Auge mehr auf dich habe, wirst du dich zu einer Zippelgusse ersten Grades entwickeln.»

«Werd ich nicht.»

Bevor sie sich am Mittwoch abend getrennt hatten, hatten sie sich noch für den nächsten Tag nach der Schule im Lindon Park verabredet. Sie wollten zuerst zu Janey gehen, um kurz etwas zu essen. Dabei wollten sie entscheiden, wie sie den Abend verbringen wollten. Um einfach nur durch die Straßen zu schlendern, war es fast schon zu kalt.

Janey hatte eine neue Route von der Schule nach Hause ausgeklügelt, auf der sie keinem der Mädchen aus Poppys Clique begegnete. Ein allzugroßer Umweg war es nicht; sie erreichte den südlichen Eingang zum Lindon Park doch noch relativ schnell.

Die Nebenstraßen waren meist leer. Sie hörte Schritte hinter sich.

«Hey, Lockie.» Eine Jungenstimme. Sie schaute sich um, ließ es aber so aussehen, als wolle sie sich nur vergewissern, ob kein Auto käme, bevor sie die Straße überquerte. Es waren drei Jungen, alle in ihrem Schulblazer. In einem erkannte sie Poppys Bruder. Sie überquerte die Straße und ging weiter.

«Hey, Lockie. Warte mal!»

Sie versuchte, nicht schneller zu gehen. In Gedanken sah sie ihre Route vor sich: einmal rechts, über die Straße und dann links, ein langes Stück geradeaus, noch einmal rechts, dann lag der Eingang zum Lindon Park direkt vor ihr.

«Wenn du um die nächste Ecke gehst, gibt's Ärger, Lockie.»

Sie preßte die Lippen aufeinander. Sie ging um die Ecke und überquerte schnell die Straße.

«So! Das war's!»

Sie schaute sich verzweifelt nach jemandem um, zu dem sie laufen konnte, nach einer Möglichkeit, sich Poppys Bruder und seine Freunde vom Leib zu halten. Doch kein Mensch war auf der Straße. Sie hörte, wie sie näherkamen. Sie rannten nicht, trotzdem würden sie sie bald eingeholt haben. Jede Faser ihres Körpers drängte sie loszusprinten, doch sie wußte, wenn sie rannte, würden sie ebenfalls losrennen. Und sie wären schneller.

Sie bog links ab. Die Straße war unendlich lang. Länger als sie sie in Erinnerung hatte. Die Kreuzung am anderen Ende hätte genausogut auf dem Mond sein können. Es war erst halb vier, doch dicke Wolken hatten die Dämmerung früher als sonst hereinbrechen lassen; alles war aschgrau und bedrohlich.

Sie überquerte zwischen geparkten Autos die Straße.

«Wo gehst du hin, Lockie?»

«Nach Hause», rief sie über die Schulter zurück.

«Wir wollen mit dir reden.»

Sie ging schneller, trotz ihrer festen Absicht, sie nicht zu provozieren. Die Jungen hinter ihr überquerten die Straße ebenfalls.

«Mach langsam, Lockie.»

«Laßt mich in Ruhe», rief sie zurück.

«Wir tun dir doch gar nichts, Lockie. Hey, Lockie, hast du 'nen Freund?»

Sie antwortete nicht.

«Hey, ich rede mit dir, Lockie.»

In ihrem Kopf begann alles zu schwimmen. Ihr Blickfeld war rot umrandet. Sie hatte Angst, daß sie ohnmächtig werden könnte.

Sie hörte jemanden rennen und spürte einen heftigen Schlag im Rücken. «Hey, antworte gefälligst, wenn man mit dir spricht. Blöde Kuh, blöde.»

Sie drehte sich um. «Was wollt ihr von mir?»

«Meine Schwester sagt, du bist eine häßliche, hochnäsige alte Töle. Was sagst du dazu?»

Sie hatten sie in die Mitte genommen.

«Was habt ihr vor?» fragte sie.

«Meine Schwester sagt, du ziehst mit Nutten herum. Sie sagt, du mußt auch eine Nutte sein. Stimmt das? Bist du eine Nutte?»

«Laßt mich in Frieden – bitte.»

«Dich in Frieden lassen?» meinte Poppys Bruder. «Davon hat meine Schwester nichts gesagt.» Plötzlich grapschte er nach ihr. Sie wollte schreien, brachte aber keinen Ton heraus. Sie stieß ihn mit dem Arm weg und rannte los.

Stumm rannten sie hinter ihr her. Kein Lachen. Jetzt war es kein Spiel mehr. Jetzt war es ernst.

Als sie um die Ecke bog, hatten sie sie noch nicht eingeholt. Sie überquerte die Straße und lief auf den Parkeingang zu. Und auf Pearl. Pearl! Pearl würde wissen, was zu tun war.

Sie lief keuchend durch das Tor, die drei Jungen dicht hinter ihr.

«Pearl! Hilfe!»

Sie rannte zu den Büschen, zu der Bank, auf der Pearl oft gesessen und über den Kopfhörer ihre Musik gehört hatte. Pearl war da. Janey hätte weinen können vor Erleichterung. Sie hörte das Ratschen von Schuhen auf Kies. Sie sah, wie Pearl die Augen aufriß. Sie sah, wie Pearl mit der Hand in ihre Tasche griff.

«Es ist die Nutte», sagte Poppys Bruder.

«Dann knöpfen wir sie uns beide vor.»

«Versucht es doch!» schrie Pearl. Sie stand angriffsbereit da, das offene Messer in der Hand.

«Sie hat ein Messer!»

Janey rutschte auf dem Kies aus, und plötzlich gaben die Beine unter ihr nach. Während sie sich wieder aufrappelte, stellte sich Pearl schützend vor sie. «Lauf, Janey», sagte sie. «Schnell. Lauf.»

Janeys Handflächen und Knie brannten. Bevor sie etwas tun konnte, hatte sich Poppys Bruder auf Pearl gestürzt. Ein heftiger Kampf war im Gang.

Die beiden anderen Jungen hielten sich zurück. Poppys Bruder hatte Pearls Handgelenk gepackt und versuchte, ihr das Messer zu entreißen.

Plötzlich ein paar schnelle Bewegungen. Einer der Jungen hechtete auf Janey zu. Sie reagierte automatisch, hob das Knie und traf ihn im Unterleib. Es muß genau die richtige Stelle gewesen sein. Mit einem Aufschrei faltete er sich zusammen wie ein Taschenmesser und machte ein paar Schritte nach rückwärts.

In der Zwischenzeit war etwas zwischen Pearl und Poppys Bruder geschehen. Sie saß tief vornübergebeugt auf der Erde, den Kopf auf den Knien. Für den Bruchteil einer Sekunde schaute er wie hypnotisiert auf sie hinunter. Dann rannte er los. Wie an Fäden gezogen rannten die beiden anderen hinter ihm her; der, den Janey mit dem Knie getroffen hatte, lief gebückt.

Pearl sah aus, als habe ihr jemand einen furchtbaren Stoß in den Magen verpaßt. Janey kauerte sich hin und legte ihr beide Hände auf die hochgezogenen Schultern.

«Pearl? Bist du okay?»

Langsam hob Pearl den Kopf. «Janey», flüsterte sie, «bring mich hier raus.»

Janey legte Pearl die Arme um die Taille und versuchte, sie hochzuheben.

Da spürte sie die Nässe. Und als sie die Hände wegnahm, sah sie, daß die Nässe Blut war. Pearl kippte seitwärts gegen Janey und blieb reglos liegen; sie schaute ins Leere, der Blick war voller Verwunderung.

«Pearl? Kannst du gehen? Kannst du aufstehen? Pearl? Bitte – hilf mir, damit ich dich nach Hause bringen kann. Ich bin nicht so stark, daß ich dich tragen kann.» Doch Pearl blickte weiter ins Leere – in die graue Leere des Himmels.

Janey begann zu weinen.

Sie wurde wenige Minuten später von einer Frau gefunden, die ihren Hund Gassi führte. Als sie gefunden wurde, kniete sie auf dem Kies; Pearls Kopf hatte sie in ihren Schoß gebettet.

16. Kapitel

Janey saß auf ihrem Bett in ihrem neuen Zimmer. Sie war noch im Schlafanzug. Ihr war eiskalt. Sie starrte auf einen merkwürdigen Fleck auf der gegenüberliegenden Wand. Ein blasses Tapetenrechteck, umrandet von einer nach außen schwächer werdenden dunklen Borte, die sich ausbreitete und schließlich im Nichts verlor. Offensichtlich hatte an dieser Stelle einmal etwas gehangen (der Nagel steckte noch in der Wand) – ein Bild oder ein Spiegel. Wahrscheinlich ein Bild. Das ausgebleichte Rechteck war zu hoch oben, als daß es ein Spiegel gewesen sein könnte. Sie mußte das einsame Bild gesehen haben, als sie das Zimmer ausgemessen hatte, aber sie erinnerte sich nicht mehr daran. Die Lücke, die sein Fehlen hinterließ, erfüllte sie mit Trauer.

Das Geräusch der zuschlagenden Badezimmertür unterbrach ihre Gedankengänge. Sie ließ den Blick durchs Zimmer schweifen: über die aufgetürmten Schachteln – ihr war noch nicht danach gewesen, sie auszupacken –, über die Taschen und Koffer, über die vertrauten Möbelstücke, die immer noch so krumm und schief dastanden, wie sie am Samstag nachmittag hingestellt worden waren.

Die Zimmertür ging auf, und ihr Vater streckte den Kopf herein. «Janey? Es wird Zeit. Du willst doch nicht zu spät kommen.»

Sie schaute ihn mit leerem Blick an.

«Schule, Liebes», sagte er, wobei seine Stimme irgendwie anders klang.

«Ja.»

Er kam ins Zimmer und drückte hinter sich die Tür zu. Er setzte sich aufs Bett. Sie saß mit dem Rücken zur Wand, die Beine steif von sich gestreckt. Er nahm ihre Hand.

«Du bist ja halb erfroren.»

Ihre Mundwinkel zuckten. Ein unwillkürliches Zucken, wie es auftreten kann, wenn eine Nadel in eine Vene gestochen wird.

«Ich mag heute nicht in die Schule gehen.»

«Ein guter Grund, erst recht zu gehen.»

«Wie soll ich das verstehen?»

«Du mußt dich den Dingen stellen.»

«Sie werden eine Schülerversammlung einberufen. Sie werden über sie reden. Ich will nicht hören, was für Sachen sie über sie sagen.»

«Sie werden sie sagen, ob du da bist oder nicht. Vielleicht lassen sie dich auch etwas sagen, wer weiß? Das wäre doch möglich – wenn du darum bittest.»

Sie schüttelte den Kopf.

Der Vater stand auf. «Wie heißt der Spruch, den Bert ständig von sich gibt?»

«Alles Gute hat ein Ende?»

«Nein, der andere.»

«Die Zeit bleibt nicht stehen?»

«Genau der. Ziehst du dich jetzt an?»

Janey seufzte. «Mir bleibt wohl nichts anderes übrig.»

«Wann siehst du Bert wieder?»

«Heute abend. Ich gehe rüber. Ich hab versprochen, ihn wenigstens einmal die Woche zu besuchen.»

«Wie kommst du mit seinen Memoiren voran?»

«Es ist ein ziemliches Durcheinander. Ich weiß nicht, ob ich je eine Linie hineinkriege, aber ich glaube, es macht ihm Spaß, darüber zu reden, selbst wenn am Ende nichts dabei herauskommt.»

«Wahrscheinlich hast du recht. Laß ihn aber trotzdem nicht im Stich.»

«Nein. Bestimmt nicht. Ganz bestimmt nicht.»

Der Vater ging aus dem Zimmer. Janey hievte einen Koffer aufs Bett und öffnete ihn. Ihr Schulblazer lag ordentlich zusammengefaltet obenauf. Sie begann sich mit vor Kälte steifen Fingern anzuziehen. Sie holte den Rock aus dem Koffer. Darunter lagen die neuen schwarzen Jeans. Aus einer plötzlichen Anwandlung heraus warf sie den Rock wieder hinein und zog die Jeans an. Sie hockte sich im Schneidersitz auf den Boden und lehnte ihren kleinen Taschenspiegel an den Koffer auf dem Bett. Sie kippte ihr Make-up aus dem Täschchen in ihren Schoß. Sie wählte blauen und silbernen Lidschatten, und begann sich zu schminken.

«Janey, beeil dich, wenn du mitfahren willst», rief die Mutter.

«Ich bin noch nicht ganz fertig», rief sie zurück. «Ich laufe – danke.»

«Ritchie! Beeilung – wir gehen.»

Man hörte Schritte auf der Holztreppe und das Zuschlagen der Haustür. Das Fehlen der Teppichböden verstärkte jedes Geräusch. Sie hatten den ganzen Sonntag damit zugebracht, sämtliche Teppichböden im ganzen Haus herauszureißen. Niemand hatte über Pearl gesprochen. Es war noch zu früh – Janey hatte sich noch nicht von der Fragenflut der Polizei erholt. Sie konnte immer noch nicht richtig glauben, was passiert war. Sie durchlebte so heftige Stimmungsschwankungen, daß sie das Gefühl hatte, buchstäblich am Boden zerstört zu sein. Es gab Augenblicke des Unglaubens, in denen ihr die ganze Sache unmöglich erschien. Dann der Schock, wenn die Realität über sie hereinbrach und sie nur ins Leere starren konnte, während ihr Körper von heftigen Zuckungen geschüttelt wurde.

Janey ging ins Badezimmer. Im Spiegel über dem Waschbecken betrachtete sie ihr Zwittergesicht – halb Janey, halb Pearl. Für sie war es etwas ganz Natürliches, das äußere Zeichen dessen, was in ihrem Innern vorgegangen war. Die Janey, die in einem Bus auf dem

Weg zu den Sportplätzen zum erstenmal mit Pearl gesprochen hatte, war nicht die Janey, die mit blutverschmierten Händen und einer Decke über den Schultern dabeigestanden hatte, als man Pearl in einen Krankenwagen gehoben hatte.

Sie zog ihren alten Mantel an, nahm die Schultasche und lief auf die Straße. Die kalte Luft ließ die Tränen in ihren Augen gefrieren und füllte ihre Brust mit Eis. Sie ging mit hoch erhobenem Kopf.

Sie erreichte das Klassenzimmer, als die anderen gerade herauskamen. Poppy war nicht dabei. Der Strom der Mädchen teilte sich um sie herum. Als alle vorbei waren, schaute sie Miss Sutherland trotzig an – eine Herausforderung an die Lehrerin, einen Kommentar abzugeben. Eine Herausforderung, irgend etwas zu sagen.

Nach ein paar Sekunden senkte Miss Sutherland den Blick und machte auf der Anwesenheitsliste ein Kreuz hinter Janeys Namen. «Würdest du jetzt bitte in die Aula gehen, Janey? Und Mr. Tiler möchte dich nach der Versammlung in seinem Büro sehen.»

Draußen auf dem Korridor hörte Janey eine Stimme hinter sich. «Das Mädchen dort! Du, Mädchen – warum trägst du Jeans?» Die stellvertretende Direktorin. Eine Frau mit Ziegengesicht und einer Stimme wie zerspringendes Porzellan.

Janey ignorierte sie.

«Du, Mädchen!»

Janey stieß die Schwingtür auf und ging die Treppe hinunter zur Aula.

Als sie sich unter die anderen Mädchen mischte, die sich in die Aula drängten, prallten Blicke und Bemerkungen von ihr ab, als trage sie eine Rüstung. Sie setzte sich, ohne zu wissen, wen sie neben sich hatte, ohne sich darum zu kümmern, ob sie bei den anderen aus ihrer Klasse saß, ohne sich um die Anweisungen der Klassenlehrer zu kümmern, die versuchten, alle so schnell und so leise wie möglich auf ihre Plätze zu dirigieren.

Bruchstücke von Unterhaltungen umschwirrten sie.

«Worum geht's überhaupt?»

«Eine aus der Neunten wurde mit dem Messer verletzt.»

«Was? Wer?»

«Keine Ahnung.»

«Wie ist es passiert?»

«Bei einer Prügelei, glaube ich.»

«Ist es schlimm?»

«Jemand hat gesagt, sie ist tot.»

«Nein!»

Es war wie Fliegengesumm in Janeys Ohren. Sie starrte stur vor sich hin und sagte nichts.

«Eine Schülerin aus unserer Schule war vergangenen Donnerstag abend in eine Messerstecherei verwickelt.»

«Hab ich's nicht gesagt?» zischte jemand hinter Janey.

Wahrscheinlich zum erstenmal in seinem Dasein als Schuldirektor hatte Mr. Tiler die ungeteilte Aufmerksamkeit aller.

«Wir leben in einer Zeit, in der die Gewalt immer mehr zunimmt – die Zeitungen liefern Tag für Tag den Beweis dafür. Doch erst wenn so etwas vor unserer eigenen Haustür passiert, wird uns die grausame Realität klar. Ein Mädchen, das wir kennen, war darin verwickelt, deshalb geht uns der schreckliche Vorfall alle an. Pearl Silvera wurde mit ihrem eigenen Messer verletzt – mit einer Waffe, deren Existenz hier an der Schule bekannt war. Und doch sorgte niemand dafür, daß ihr dieses tödliche Instrument abgenommen wurde. In diesem Punkt haben wir uns alle schuldig gemacht.»

Der Direktor machte eine Pause. Janey schaute zum erstenmal zu ihm nach vorn und sah, daß er von kleinen Kärtchen ablas, von Kärtchen, die er auf dem Pult hin und her schob. Offensichtlich waren sie ihm durcheinander geraten. Janey spürte einen plötzlichen Zorn in sich aufsteigen.

«In diesem Punkt haben wir uns alle schuldig gemacht», wiederholte er, als er die Stelle endlich wieder gefunden hatte. «Deshalb müssen wir uns jetzt fragen: Hätten wir nicht etwas tun können, ja, tun müssen? Nichts wurde getan, und so müssen wir uns fragen: Was können wir aus diesem schrecklichen Ereignis lernen? Was können wir aus diesem schockierenden Vorfall lernen? Aus einem Vorfall, der durch unsere eigene Apathie möglich wurde. Pearl Silvera war keine Musterschülerin, sie war ein schwieriges und widerspenstiges Mädchen...»

Janey erhob sich. Als sie sich ihren Weg zum Mittelgang bahnte, wurde sie von allen Seiten verwundert angestarrt.

«Aber sie war in unsere Obhut gegeben. Und gerade weil sie so schwierig war, hätten wir die Herausforderung annehmen müssen und sie nicht verstreichen lassen dürfen.» Mr. Tiler schaute von seinen Kärtchen auf, als Janey gerade den Mittelgang erreichte. «Wir können zum wiederholten Male unseren Abscheu vor Gewalt zum Ausdruck bringen. Wir können die traurige Tatsache, daß... daß...»

Aus den Augenwinkeln heraus sah Janey Miss Sutherland auf sich zu kommen.

Der Direktor schaute sie mit halboffenem Mund an.

«Das ist doch alles nur hohles Geschwätz!» rief Janey. Drei oder vier andere Lehrer kamen in ihre Richtung. Janey drehte dem Podium den Rücken zu und ging zum Ausgang. Aller Augen waren auf sie gerichtet. Pearls leuchtendes Make-up. Janeys wilde rote Mähne. Pearls schwarze Jeans. Janeys selbstsicherer Gang.

Sie drückte die Doppeltür auf und ging über den Flur zum Hauptausgang der Schule.

«Janey! Janey Morris!» Miss Sutherland erwischte sie am Arm.

«Lassen Sie mich los. Es ist zu spät – alles, was er sagt, kommt zu spät.»

Janey riß sich los und stürmte hinaus auf den Schulhof. Draußen begann sie zu laufen. Sie hörte, wie Miss Sutherland mit ihrer hellen, klagenden Stimme hinter ihr her rief, doch sie rannte weiter.

Erst das Stechen in der Seite zwang sie dazu, langsamer zu werden. Sie ging weiter, zur Seite gebeugt und die Hände auf die schmerzende Stelle gepreßt, und versuchte, wieder zu Atem zu kommen. Sie setzte sich auf eine kalte Steinbank. Zitternd. Krank und ausgehöhlt, als ob alles Leben mit Gewalt aus ihr herausgezogen worden wäre. Als ob sie ausgeweidet worden wäre und man sie wie tot hätte liegen lassen.

Irgendwann ließ das Zittern nach, und Janey wurde sich ihrer Umgebung bewußt.

Es war ein ungewohntes Gefühl, nicht in der Schule zu sein, ungewohnt und berauschend, als habe sie eine Zwangsjacke abgeworfen, von der sie nicht einmal wußte, daß sie sie trug. Sie versuchte, die Füße wieder auf den Boden der Tatsachen zu bringen – die Auswirkungen zu bedenken, die Folgen ihres Tuns. Doch es machte ihr keine Angst. Sie wußte, daß sie es überleben würde, was immer man mit ihr machen würde, und sie wußte, daß ihr diesen kurzen Ausbruch niemand nehmen konnte. Er war wie die Erinnerung an schöne Ferien in ihrem Gedächtnis eingebrannt. Natürlich würde sie zurückgehen – sie würde lernen und aufs College gehen. Aber nicht mehr so, wie sie es früher getan hätte. Nicht wie ein Arbeitspferd, das keine Alternativen kennt.

Sie nahm einen Bus ins Krankenhaus.

Ohne ihr Make-up war Pearl kaum wiederzuerkennen. Sie sah so kindlich aus. Blaß. Nur halbfertig. Fast leer.

Sie lag in einem Zimmer für Schwerkranke. Krankenschwestern gingen mit dem Ernst von Schachfiguren ein und aus. Es roch nach sauberem weißen Licht.

Pearl drehte den Kopf und lächelte ihr Zahnlückenlächeln.

«Du Drückeberger», sagte sie ungewöhnlich leise. «Was tust du hier?»

«Ich mache einen Besuch.»

«Wo sind meine Trauben?»

«Im Traubenladen. Darfst du was essen?»

«Ja. Ein bißchen. Ich hab noch nicht viel Hunger. Aber für eine Zigarette würd' ich alles tun.»

«Mich brauchst du nicht anzuschauen.»

Janey setzte sich. Sie reichte Pearl eine Karte mit Gute-Besserungs-Wünschen. Innen hatte sie ein Bild von Pearl gemalt, wie sie von Kopf bis Fuß bandagiert war. Pearl lachte leise und stellte die Karte auf ihren Nachttisch.

«Schau mal da rüber», flüsterte sie. «Die Oma ist vielleicht eine Marke. Sie steht ständig auf und tapert herum, und hinten hängt ihr der Arsch aus dem Flügelhemd. Und sie stecken sie immer wieder ins Bett, aber sobald sie außer Sichtweite sind, ist sie wieder draußen. Es ist zum Piepen.»

Janey schaute sich im Zimmer um, während Pearl ihr die Originale der Station beschrieb.

«Und wie geht es dir?»

«Och, mir geht es gut.»

Janey lächelte. Sie hätte gern Pearls Hand gehalten, wußte jedoch nicht, wie Pearl darauf reagieren würde.

«Ich dachte schon, du wärst auf mir gestorben.»

«Hör auf.»

«Du hast alles vollgeblutet.»

«Beim nächsten Mal paß ich besser auf.»

«Beim nächsten Mal?»

«War nur ein Witz.» Pearl drehte den Kopf so, daß sie Janey anschauen konnte. In dem blassen Gesicht sahen die Augen ungewöhnlich dunkel aus. Leuchtende Energiepunkte.

Ein paar Sekunden lang schauten sie sich schweigend an.

«Pearl?»

«Was?»

«Ach – nichts. Ich bin froh, daß du nicht gestorben bist. Das ist alles.»

Pearl grinste, und Janey lächelte zurück.

«Ich werd mich nicht bessern», sagte Pearl.

«Nein. Das hab ich auch nicht erwartet. Eigentlich will ich auch gar nicht, daß du dich änderst. Ich mag dich so, wie du bist.»

«Gut.» Pearl legte den Kopf zurück und schaute zur Decke. «Kommst du mit nach Indien?»

«Vielleicht.» Janey lachte. «Man kann nie wissen. Vielleicht.»

«Nein, du kommst nicht mit, du Feigling.»

Janey erzählte, was sich in der Schule abgespielt hatte.

«Du bist verrückt», sagte Pearl unerwartet. «Sie vierteilen dich. Du darfst sowas nicht machen.»

Janey schaute sie überrascht an. «Du machst es doch auch.»

«Du bist nicht ich. Geh zurück, Janey, geh zurück und sag, daß es dir leid tut. Sag ihnen, du hattest einen Blackout.»

«Aber...»

«Hör zu, ich will nicht, daß du eine zweite Ich wirst. Ich mag dich, weil du anders bist als ich. Du machst die Abschlußprüfung und gehst aufs College – all das, was eine Janey Morris eben tut.»

«Du brauchst mir hier keinen Vortrag zu schwingen. Ich bin hergekommen, weil ich hören wollte, wie es dir geht, und nicht, damit du an mir rummeckerst.»

Pearl legte müde den Kopf aufs Kissen. «Geh wieder in die Schule, Janey. Sieh vorher noch zu, daß du anständig aussiehst. Sag ihnen, daß es dir schrecklich leid tut und daß es nicht wieder vorkommen wird.»

«Du willst, daß ich jetzt gehe?»

«Ja. Komm heute abend wieder – komm wieder als Janey Morris.»

«Okay.» Janey stand auf. «Wenn du es wirklich willst.»

«Ja, ich will es. Hau ab. Und bring mir heute abend ein paar Trauben, du Geizkragen.»

Janey ging nach Hause – um sich die Schminke abzuwaschen und einen Rock anzuziehen. Danach würde sie in die Schule zurückgehen und sich dem stellen, was auf sie zukam. Sich stellen und es überleben. Wie Pearl es täte.

Nein, nicht wie Pearl.

Wie Janey Morris.

aare

Susan Sharpe

Unternehmen grüne Bucht

Ab 10, 196 Seiten

Für den elfjährigen Ben steht fest, daß er später einmal wie sein Vater Krebs- und Austernfischer wird. Doch dieser Wunsch ist gefährdet, denn die Fänge der Fischer fallen von Jahr zu Jahr geringer aus. Warum das so ist, darüber gehen die Meinungen weit auseinander.
Ben ist oft auf dem Meer. Als er sich eines Abends mit seinem Freund Matt in der Bucht verirrt, kommen sie in totes Marschland, wo es fürchterlich nach Öl stinkt. Ben meldet das David, einem befreundeten Meeresbiologen und Umweltschützer, der bei den Behörden alles Nötige veranlassen will. Doch Ben mag nicht auf die Behörden warten. Und er kommt den Umweltbanditen auf die Spur. Sein Handeln löst im Dorf Diskussionen über die Zukunft der Bucht aus. An einer Bürgerversammlung werden die verschiedenen Meinungen offen diskutiert. Für Ben wird dabei klar, daß er der Bucht nicht mehr helfen kann, wenn er aufs College geht und wie David studiert.